Logistikos

PARU DANS LA COLLECTION « INITIATIVES »

Scenart, *Logistikos*, 2021

PARU DANS LA COLLECTION «MATIÈRE BRUTE»

Nathalie Legendre, *Parolier de voyage*, 2020

PARUS DANS LA COLLECTION «ENTRE DEUX RENDEZ-VOUS»

Christine Collard, *l'Ange de Prévert à tombeau ouvert*, 2019
Asianichi, *le Mondialitron - Actes I à III*, 2020

Scenart est un collectif dirigé par Christian Auriach,
dirigeant de Scenent, éditeurs et consultants

Scenart

Logistikos

Initiatives

Éditions Scenent

ISBN : 978-2-9569069-3-3

Version française

The English version starts on page 66

Table des matières

Au restaurant

Carla commence à s'ennuyer ferme. Voilà maintenant plus de cinq mois qu'elle habite la même maison, qu'elle sort avec les mêmes amis dans le même restaurant typique de l'endroit, son préféré certes mais qui, malgré la grande variété de ses menus, ne parvient plus à l'étonner. La vue sur la mer Égée, l'ambiance bon enfant et la couleur du vin sont devenues trop familières pour combler ses désirs.

Carla aime qu'on l'étonne. À l'école déjà, il y a bien longtemps, elle cherchait l'originalité en toute chose : dans les paroles de ses professeurs, dans les jeux de ses amis et dans ses propres actes. Souvent déçue, décevante pour les autres aussi, qui ne cherchaient pas assez à sortir du cadre à son goût et qui craignaient ses initiatives les plus osées, elle a arrêté ses études dès qu'elle a pu pour parcourir le monde. Elle a fait tous les métiers ou presque, acceptant les tâches les plus ingrates compte tenu de la modestie et de la brièveté de son parcours scolaire.

Aujourd'hui, elle a de nouveau la bougeotte. En regardant les visages de ses collègues heureux de se retrouver après une journée qu'elle trouve trop banale, Carla se dit qu'elle va bientôt leur dire au revoir. Ils ne le savent pas encore mais elle va finir son travail en cours et reprendre la route, comme elle le fait à peu près deux fois par an. L'un d'entre eux a le béguin pour elle, c'est une évidence, et va avoir plus mal que les autres. Plus tôt elle partira, moins il souffrira.

Elle se lève pour prendre l'air sur la terrasse. Un homme la rejoint. Dans les vieux films ce genre de scène se passe toujours au milieu des volutes de fumée de la cigarette que l'homme offre à la femme qui le plus souvent l'accepte avec naturel, à moins que ce ne soit l'inverse. Aujourd'hui, le Smartphone a remplacé le tabac. L'homme tapote sur sa machine comme s'il cherchait quelque chose à lui montrer. Va-t-il lui proposer de jouer ensemble à un jeu connecté ?

Amusée, Carla sort elle aussi Son Smartphone de sa poche puis l'y remet illico, déçue de faire un geste aussi ordinaire. L'appareil se met à vibrer au contact de sa cuisse. Elle l'exhibe à nouveau et lit le message qu'elle vient de recevoir : « Cherche chef de chantier, libre immédiatement, salaire motivant. Lieu : sud des Pays-Bas. Durée : six mois. Aime les nouvelles technologies et le combat pour le respect et la sauvegarde de l'environnement. » En ouvrant la pièce jointe, elle découvre un contrat de travail en bonne et due forme sur lequel figure son nom et un montant en euros bien supérieur à ses traitements habituels. C'est une blague ! Un de ses collègues, connaissant sa propension à changer d'air tous les six mois, lui fait une blague ! Puis elle se gendarme en se disant qu'elle ne sait pas ce qu'elle veut. Elle aime être étonnée, la voilà étonnée. L'homme se met enfin à parler. Sa voix est agréable, chaude et régulière comme une brise marine caressant une île grecque.

L'homme vante les mérites de Carla, lui dit qu'il aime beaucoup son blog consacré aux technologies vertes et qu'il est persuadé qu'elle saura résoudre les nombreux problèmes auxquels son équipe ne parvient pas à faire face. Elle ne comprend pas. Elle n'a jamais été chef de chantier, ou alors d'un tout petit chantier : elle est une simple employée chargée de faire des choses simples, une ouvrière à l'usine du coin occupée à des tâches d'ouvrière. « Rien n'est vraiment simple à l'usine », lui répond son interlocuteur, « tout le monde s'adapte, il faut toujours s'adapter. » Il a l'air très sûr de lui, lui affirme qu'il est certain qu'elle est la bonne personne.

Carla a peu de certitudes. Sa seule conviction est que le monde ne cesse de changer et qu'il n'y a que deux choix possibles : avancer ou reculer. Ce soir, elle décide d'avancer. Advienne que pourra. Après avoir serré la main de son nouvel employeur, elle réalise qu'elle ne sait même pas de quel genre de chantier il s'agit. Il lui demande d'attendre d'être sur place, elle le découvrira bien assez tôt. Puis il lui donne une consigne qui doit désormais la guider en toute occasion. Elle doit finir le chantier en six mois, pas un de plus. Et si elle échoue ? Si elle échoue, ce sera une catastrophe. Malgré son insistance, elle ne parvient pas en savoir davantage. Appuyant son doigt sur le lecteur biométrique de son Smartphone, elle signe le contrat.

La fiche navette

Aussitôt un « ding » l'avertit qu'un message vient d'arriver. Elle doit se trouver dès le surlendemain à Logistikos, ville temporaire construite pour les besoins du chantier qu'elle va bientôt diriger quelque part dans la région d'Eindhoven. On lui enjoint de préférer le rail à l'avion pour s'y rendre, ce qui lui laisse peu de temps pour s'organiser et prendre congé de ses amis. Elle ne sait toujours pas quel genre de défi elle doit relever. Elle verra bien.

L'homme la salue et quitte le restaurant. Sa Tesla l'attend en contrebas de la terrasse, sa carrosserie moirée sous l'effet des vagues se reflétant sous la lune. Il la démarre sans bruit puis disparaît. Carla décide sans délai d'informer sa tablée de sa décision. Embauchée à la semaine, elle ne doit aucun préavis à son patron qui toutefois tente de la retenir, l'assurant devant l'assemblée que jamais il n'a travaillé avec quelqu'un d'aussi consciencieux. Carla le remercie mais sa bougeotte l'a reprise ; elle a envie de nouveaux horizons, ne connaît pas encore les Pays-Bas et se dit qu'elle pourra toujours revenir en vacances contempler cette baie et s'y baigner avec eux.

Carla s'attache aux gens et aux choses. À chaque nouveau départ, elle vit un véritable déchirement mais le besoin de découvrir est toujours plus fort. Elle encourage ses collègues à s'inscrire et à contribuer sur son blog, afin de ne pas perdre le lien.

Son nouvel employeur ne lui paie pas le voyage. Comme

elle ne roule pas sur l'or, elle doit se débrouiller pour trouver un moyen bon marché de traverser six pays – Grèce, Macédoine, Serbie, Hongrie, Autriche et Allemagne – avant de franchir une dernière frontière à la hauteur de Venlo au sud-est des Pays-Bas. L'avion étant exclu, ce qui est bien dommage car elle trouverait facilement des vols Athènes-Eindhoven pour moins de cent euros, elle organise son trajet en train et en bus. Il lui faut environ trente-six heures porte à porte pour effectuer le trajet, ce qui veut dire qu'elle ne dormira pas chez elle ce soir mais aura juste le temps de mettre toutes ses affaires dans une grosse valise et de courir à la gare. Son prétendant offre de la véhiculer pour sa dernière virée dans la nuit grecque. Elle accepte avec plaisir, sans pour autant lui laisser un quelconque espoir d'arriver à ses fins. Elle ne consent qu'à lui octroyer une accolade sur le quai, un peu plus serrée que d'habitude peut-être, avant de grimper dans son wagon.

Si Carla n'a pas fait beaucoup d'études, elle lit beaucoup. Les livres lui permettent d'apprendre, de s'évader en pensée et de stimuler son imagination. Sitôt assise sur la banquette de moleskine, elle attrape un recueil de poèmes et se jette dans sa lecture. Cela lui permet aussi d'oublier un stress naissant, ce pincement au cœur qu'elle ressent à chaque tournant de sa vie. Elle entend à peine le lourd attelage s'ébranler ; au bout de quelques minutes, le livre lui tombe des mains et la voilà qui s'endort le front calé contre la vitre.

Au réveil elle se trouve quelque part en Europe, elle ne sait pas exactement où. Son train est à l'arrêt dans une gare gigantesque, voisinant avec un convoi de fret sur lequel elle reconnaît le mot Logistikos. Elle attrape son Smartphone et lit tout ce qui bouge sur le sujet. Logistikos est un complexe ultramoderne situé dans le sud des Pays-Bas dont l'objectif est de démontrer l'usage de technologies nouvelles au service de la protection de l'environnement. Elle en avait déjà entendu parler et avait même commenté ce qu'elle savait du projet sur son blog, recueillant à cette occasion des réactions mitigées de la part de ses abonnés. Beaucoup s'étaient plaints de ne pas comprendre à quoi servait tout l'argent englouti dans ledit projet. Pour eux il fallait être plus concret, ne pas se contenter d'exhiber des prototypes et de faire des conférences. Ils ont été écoutés. Depuis, il a été décidé de construire à proximité du site une autoroute entièrement électrifiée pour faire circuler des véhicules autonomes sans avoir besoin de les recharger. Ce tronçon expérimental ne sera pas ouvert au public mais préfigurera les axes routiers de demain.

Le nez contre la fenêtre de son compartiment elle a tout le loisir d'observer les opérations de manutention en cours. Des chariots élévateurs chargent les conteneurs du convoi avec des bandes de cuivre. Juste au-dessus des roues des wagons, de petits écrans au profil aérodynamique, adaptés aux grandes vitesses que peuvent prendre ces trains de fret dernier cri, portent des indications de provenance et de destination. Les bandes de cuivre sont arrivées ici, au cœur de l'Europe, sur des barges flottant sur le Danube. Elles repartent dans la même direction que Carla.

Elle ne sait toujours pas de quoi son quotidien sera fait une fois arrivée sur place. Elle se doute que l'autoroute électrique a un rapport avec sa mission mais elle a beau fouiller la Toile, elle n'apprend rien de probant concernant le rôle qu'elle pourrait jouer. Son arrivée ne fait l'objet d'aucun commentaire sur le site web de Logistikos, lequel est pourtant nourri de nombreuses dépêches plusieurs fois par jour informant le visiteur de tous les détails du projet. Elle lit que les mécènes finançant le chantier l'ont voulu ainsi, exigeant de la direction une transparence totale. Elle doit donc s'attendre à être mise en scène comme tous les nouveaux arrivants sur le site dont la liste et les CV sont visibles de tous. Le contrat qu'elle a signé prévoit qu'elle accepte à l'avance ce genre de communications.

Le train repart et avec lui le convoi de fret chargé en un temps record. Bientôt elle perd les bandes de cuivre de vue, emportées par une locomotive plus rapide que celle de son vieil express transportant des humains. Elle reprend ses lectures, alternant dépêches lues à la va-vite sur des sites d'information en ligne et poèmes choisis au hasard dans son recueil, prenant le temps d'en savourer chaque mot et de lever les yeux de temps à autre pour rêvasser, pour imaginer sa vie à venir dans les brumes du nord de l'Europe.

Les autobus succèdent aux trains, remplacés à leur tour par de nouveaux trains, jusqu'à la dernière frontière. Venlo, Pays-Bas. Enfin.

Elle trouve facilement la Tesla bleu nuit garée sur le parking à son intention et présente le code reçu par texto devant la microcaméra cachée dans le rétroviseur avant gauche. Elle se laisse guider par la machine, les mains simplement posées sur le volant, excitée par la perspective qui l'attend. Au bout d'une heure, une haie d'un vert éblouissant, taillée par un jardinier artiste digne d'Edward aux mains d'argent, signale l'entrée du complexe Logistikos en lettres de six mètres de haut.

Elle a une énorme envie de prendre possession de sa chambre, de se doucher et de changer de vêtements mais elle va devoir attendre. Un préposé la reçoit devant une guérite en bois brut et, en guise de bienvenu, lui tend une feuille de papier. Une série de consignes y figurent : règlement intérieur, comportements interdits sur le chantier et règles de sécurité diverses. Elle trouve surprenant que ces informations ne soient pas directement disponibles sur la Toile, comme le reste, et s'en ouvre au préposé. Lequel lui répond que cette feuille de papier est d'un genre très spécial et peut lui être utile partout et à tout instant. Ici, on l'appelle la « fiche navette ».

De « brique » et de broc

Munie de sa fiche navette, elle suit le plan tracé au sol par des flèches lumineuses la conduisant à sa chambre. Elle se demande quel capteur peut ainsi détecter sa présence et l'identifier comme si elle portait un mouchard tel qu'on en voit dans les séries d'espionnage. Son Smartphone ne peut être en cause, car elle a pris toutes les précautions d'usage et verrouillé tout ce qui pouvait l'être pour éviter d'être piratée ou observée à son insu. Elle ne fait pas partie de ces gens qui mettent à nu leur vie privée. En tant qu'animatrice de blog elle a adopté un style bien à elle, empreint de discrétion et de retenue, préférant le fond à la forme et évitant les enthousiasmes déplacés et les délires incongrus.

Alors comment le « système » sait-il qui elle est et où elle va ? La porte de sa chambre s'ouvre devant elle, pour se refermer aussitôt sans le moindre bruit. L'éclairage automatique émane d'une grande quantité de lucioles disposées aléatoirement sur des murs de brique pleine, dont Carla se demande si elles sont de véritables organismes biologiques contrôlés ou simplement de bonnes imitations en plastique. Elle pose la fiche navette sur une table, ouvre sa grosse valise, se déshabille et fonce sous la douche. À sa demande un savon bio est projeté sur sa peau en fines gouttelettes, rincé quelques instants plus tard par une pluie claire dont elle ne maîtrise ni l'intensité ni la durée. Propre et nette, elle enfile un peignoir puis revient dans sa chambre pour consulter sa fiche navette. Surprise, elle constate qu'à la place des consignes barbantes de tout à l'heure, une fiche de poste y figure.

Tournant et retournant le bout de papier, elle devine qu'il s'agit en réalité d'un écran souple n'ayant du papier que l'apparence. Voilà l'explication qu'elle cherchait : le « système » la trace grâce à sa fiche navette. Devançant ses questions, un nouveau texte s'affiche, superposé à la fiche de poste. Il l'informe qu'il lui est conseillé de garder avec elle ce « document intelligent » pour travailler mais que ce n'est pas une obligation, qu'elle peut le ranger dans un coin si elle veut et se fier à son propre jugement pour décider et agir, en ayant recours à l'interaction directe avec les êtres et les choses. Elle s'amuse du ton philosophe de la fin de la phrase. Le texte continue au verso. La plupart de ses collègues ont souvent besoin de consulter leur fiche navette et choisissent de la porter sur eux en tout temps et en tout lieu mais compte tenu de la fonction occupée par Carla, elle n'a pas forcément besoin d'en faire autant. Intriguée, elle efface l'avertissement en pinçant légèrement la fine feuille-écran à l'endroit où il s'affiche, déclenchant un étrange bruit de papier froissé, ou plutôt de papier caressé.

Elle découvre sa fiche de poste en se versant un verre d'eau claire avec un broc en porcelaine. Un autre texte s'affiche spontanément et l'informe en passant de l'origine de cette porcelaine : un kaolin importé par bateau des Cornouailles anglaises qui sert aussi à créer des mortiers étanches pour certains joints spéciaux entrant dans la conception de l'autoroute électrique. On retrouve des traces du même kaolin dans les briques dont sont faits les bâtiments. Agacée, elle efface le texte parasite et reprend sa lecture. Son rôle consiste à apporter un regard neuf et sans préjugé sur le chantier, bref à résoudre une masse de problèmes avec son bon sens plutôt qu'avec ses diplômes. Ça tombe bien, elle n'en a aucun. Jusqu'ici tous les responsables qui se sont succédé ont été choisis pour la qualité de leur formation et de leur expérience, le prestige de leurs universités d'origine et l'étendue de leurs connaissances, mais aucun n'a réussi à convaincre de sa capacité à relever le défi qui se présentait à eux. Le jeu des contraintes est si complexe qu'ils s'y sont tous perdus. En effet, leur feuille de route leur impose d'avoir recours aux technologies les plus récentes tout en respectant au maximum la nature, ce qui donne lieu à des débats incessants. Dès qu'un matériau est sélectionné pour en faire un revêtement de chaussée ou une glissière de sécurité, un nouveau laboratoire quelque part dans le monde en a déjà développé un plus performant. Les choix sont donc sans cesse remis en cause, devenant des non-choix et in fine des gaspillages.

Partie de cache-cache

Carla a beau ne pas avoir de diplôme, elle n'est pas ignorante pour autant. Elle a beaucoup lu, de tout, partout et en toute saison. Associée à la variété de ses expériences, la somme de ses connaissances la prépare à un large éventail de situations. Son seul problème est de ne pas assez croire en elle et en ses capacités. Visiblement, son nouvel employeur pense autrement. Il va lui falloir se montrer à la hauteur.

Vu d'avion – ce n'est qu'une vue de l'esprit, tant que les avions voleront à l'aide d'énergies fossiles, oublions-les – ou plutôt vu de montgolfière, le site ressemble à un vaste flipper. La lumière blanche de l'été nordique éclaire un ballet de sphères gigantesques roulant silencieusement, sans jamais s'arrêter, sur des surfaces de bois parfaitement lisses, rebondissant sur des leviers tournant en permanence autour de leur axe, infléchissant leur trajectoire au gré de plans inclinés dont la courbure les accompagne sans briser leur élan. Carla est émerveillée par la beauté du spectacle mais se demande à quoi tout cela peut bien servir. En prenant soin de suivre les indications de sa fiche navette, elle chemine au milieu du flipper comme tous les autres, évitant grâce à l'intelligence du « système » de se faire écraser. Parfois une ombre immense la recouvre avant de changer subitement de cap, propulsée par un coup de levier opportunément ajusté. Les autres employés ne font même plus attention à ces micro-événements qui sont devenus pour eux une simple routine. Elle arrive en salle de briefing où l'attend la Direction du site au complet.

Elle s'assied à une place qui lui a été réservée au centre de la pièce agencée à la façon d'un plateau de télévision. Elle fait face à une jeune femme blonde aux cheveux tirés en arrière sous l'œil attentif des autres participants disposés en cercle autour d'elles. Son interlocutrice se présente. Elle dirige le site depuis trois jours et songe déjà à céder sa place. Une fois la situation appréciée à sa juste mesure, sa première initiative consista à chercher, trouver et embaucher quelqu'un comme Carla pour porter un regard neuf sur la situation.

« Nous avons besoin de penser autrement. Aujourd'hui nous avons remplacé les camions par des sphères roulantes pour minimiser les frottements sur le sol, nous évitons de les arrêter car nous voulons économiser l'énergie nécessaire à leur freinage et à leur accélération, nous les entretenons, les réparons, les chargeons et les déchargeons de leur fret automatiquement car nous ne sommes plus capables de le faire assez vite avec le seul secours de notre cerveau et de nos membres, enfin les sphères s'autoalimentent en énergie en roulant dans un champ magnétique permanent. Tout ça pour quoi ? Pour acheminer les matériaux nécessaires à la fabrication d'une autoroute entièrement autonome à l'image des véhicules qui y circuleront, qui n'aura besoin ni de stations-service, ni de péages, ni de bande d'arrêt d'urgence, ni de services de sécurité et de maintenance, le tout en respectant une nature qui pourra reprendre ses droits. Nous n'avons oublié qu'une chose : la façon de maîtriser le monstre que nous avons créé. Les technologies que nous utilisons sortent à peine des laboratoires et ne sont pas encore éprouvées, aussi nous essuyons les plâtres. Nous avons mis l'accent sur la sécurité avant tout, au détriment de l'efficacité. Nous n'arrivons pas à régler la bonne vitesse de circulation des boules dans le flipper. Soit nous transportons les matériaux plus vite que nous ne sommes capables de les utiliser, soit ils attendent trop longtemps sur leur espace de stockage et nous manquons de place. Dans les deux cas ils s'entassent anarchiquement et nous ne savons plus quoi faire. Si nous arrêtons tout, nos investisseurs nous lâcheront et c'en sera fini de nos grands desseins. Si nous continuons nous courons à la catastrophe écologique, celle-là même que nous voulons éviter et combattre. »

Carla est heureuse d'avoir décidé de prendre sa fiche navette avec elle. Au moins elle peut faire semblant de s'absorber dans la lecture des dossiers qui s'ouvrent au rythme du discours de la dame blonde pour ne pas affronter les regards de tous ces cerveaux dardés sur elle. Avant de prendre la parole, elle consulte les fiches de poste des membres de l'assemblée pour savoir à qui elle a affaire. Étonnée, elle constate qu'il en manque une. Le profil de la jeune femme blonde aux cheveux tirés en arrière n'est pas disponible. Elle aime être étonnée.

« Comme vous le savez, je ne suis pas du sérail. C'est pour cela que vous m'avez choisie. J'en suis à la fois honorée et effrayée. Mais je sais qu'une équipe est d'autant plus efficace que ses membres sont complémentaires. Vous êtes capables de faire de grandes choses, l'existence de ce flipper géant en témoigne. Quand je suis arrivée ici, je me suis crue dans un film de science-fiction. Puis je me suis rappelé quelques lectures et je me suis rendu compte que vous n'aviez fait qu'appliquer à la lettre des principes de physique relativement simples et que le résultat est beau. Marcel Dassault, un industriel français, disait que pour bien voler, un avion doit être beau. Ce que vous avez créé est harmonieux, agréable pour les sens. Reste à le rendre utile et pour cela je propose que nous lancions un concours d'idées sur mon blog. Soumettons le problème à mes abonnés qui jusqu'ici n'en ont pas eu connaissance. »

Carla n'en dit pas plus, se lève et sort de la pièce. Elle veut prendre le temps de réfléchir avant d'agir. Elle veut surtout comprendre pourquoi le CV de sa désormais codirectrice n'est pas accessible. Elle n'est pas voyeuse mais si on lui demande d'être transparente, elle s'attend à ce que les autres le soient aussi.

Le grand tournoi

Le comité de Direction au complet lui emboîte le pas et la rattrape, chacun y allant de son commentaire. Les uns ne souhaitent pas donner une publicité excessive à leur problème pour ne pas perdre la face, d'autres au contraire sont enthousiastes à l'idée de faire travailler mille cerveaux au lieu d'une poignée. La seule qui ne s'exprime pas est la mystérieuse dame blonde.

Carla s'arrête soudain de marcher, gênée par l'ombre d'une sphère qui vient à sa rencontre. Elle a encore du mal à faire une confiance aveugle à sa fiche navette et a un mouvement de recul qui fait sourire ses collègues. Agacée, elle se remet à avancer avec prudence pendant que ses collègues recommencent à argumenter avec ardeur. Au bout de quelques mètres elle s'arrête à nouveau, se retourne et leur propose un vote à main levée. Les débats continuent mollement pendant quelques minutes, puis chacun fait son choix. La majorité se prononce pour lancer le concours d'idées. La dame blonde donne son accord d'un simple mouvement de menton.

Prétextant un besoin de s'isoler pour réfléchir et mettre au point les détails pratiques de ce qu'elle appelle désormais le « grand jeu », elle les laisse en plan et regagne sa chambre en louvoyant à nouveau entre les sphères, agrippant sa fiche navette comme un naufragé s'accroche à sa planche de salut. Sitôt installée devant son ordinateur, elle lance à l'assaut les meilleurs limiers de son réseau. Qui est la dame blonde ? En attendant que les premiers indices arrivent, elle prépare un plateau de tournoi virtuel sur lequel les abonnés du blog seront bientôt invités à se pencher sur le cas Logistikos. Ils devront rivaliser d'imagination pour trouver une solution au problème et le vainqueur sera proclamé après un vote de l'ensemble des participants. Elle en profite pour inviter ses nouveaux collègues à s'inscrire, trouvant leurs coordonnées grâce à sa fiche navette – à l'exception de celles de la dame blonde.

Ses enquêteurs n'ayant pas encore trouvé à son sujet d'information intéressante, elle décide d'aller à sa rencontre. Mais avant de sortir de sa chambre, elle lance officiellement le grand jeu. Tout en progressant dans le labyrinthe mouvant formé par les trajectoires des grosses boules de métal, elle entend une succession de « bip-bip bip » dans sa poche. Les idées fusent, les abonnés du blog s'en donnant à cœur joie. Elle reste concentrée sur sa destination, le tronçon d'autoroute actuellement en construction tout au bout du terrain sur lequel évoluent les sphères. Elle devine que la dame blonde doit s'y trouver, en train de superviser le déchargement des matériaux de construction à l'aller et le chargement des gravats au retour, cherchant au plus près de l'action des idées pour résoudre l'énigme posée par ce qu'elle a appelé elle-même un monstre, un monstre construit par des humains certes, mais un monstre quand même.

La noria des sphères continue à l'éviter avec grâce, la fiche navette jouant son rôle à merveille. Au loin Carla aperçoit la silhouette de la dame blonde marcher vers elle, revenant vraisemblablement du chantier. Elle avait donc raison d'espérer la trouver dans cette direction. Elle s'étonne simplement de la voir traverser cet espace si encombré sans l'aide de sa propre fiche navette, comme si elle n'avait pas ou plus besoin d'être guidée pour trouver son chemin. Elle aime être étonnée. Tout en cheminant, elle se risque à jeter un coup d'œil à l'intérieur des sphères. Des hublots vitrés qu'elle n'avait pas remarqués au premier abord, trop effrayée pour songer à examiner leur surface avec suffisamment d'attention, permettent de voir des palettes suspendues à un ingénieux système de balancier qui garantit leur stabilité quel que soit le mouvement de la boule. Elle croit se souvenir que ce genre de dispositif s'appelle un gyroscope.

La dame blonde la rejoint et commente ce qu'elle est en train d'observer. Les sphères transportent des tas de choses différentes, depuis du minerai jusqu'à des machines en passant par des femmes, des hommes, des fluides, des robots, des composants électroniques, des végétaux, bref des milliers de références.

Rapido

« Comment arrivez-vous à vous orienter sans fiche navette ? », demande Carla. « Je fais confiance au monstre », lui répond-elle. « Au pire je peux le déranger dans le bel ordonnancement de son ballet, lui faire dépenser une énergie imprévue pour m'éviter mais il ne m'écrasera pas car nous avons veillé plus que tout à la sécurité. Je crois qu'après ces trois jours passés en sa compagnie je commence à mieux comprendre comment il fonctionne. Je sens ses réactions à l'avance, je fais corps avec lui. C'est pour cela que j'ai souhaité me déconnecter et vivre sans le secours de la fiche navette, pour penser et voir différemment. Il fallait que je change quelque chose, vous savez, comme une héroïne d'un livre de science-fiction qui déconnecte le pilote automatique et s'arrime à une station spatiale en manuel. »

Un « bip-bip » saccadé les dérange. Les votes commencent à pleuvoir et quelques idées se détachent sur le plateau du jeu. Celle qui tient la corde consiste à introduire un monnayeur à l'entrée du flipper pour réguler le rythme d'entrée des sphères et de leur cargaison. Si des gens veulent transporter quelque chose vers le chantier, ils n'ont qu'à payer pour ça. S'ils voient que le site est trop encombré ou si leur besoin n'est pas si pressant que ça, ils ne paieront pas et les sphères ne transporteront rien. Pour justifier l'intérêt de son idée, son auteur suggère d'imaginer l'inévitable congestion d'un jeu de flipper dans lequel on introduirait autant de billes de métal que l'on voudrait sans avoir besoin de la moindre pièce de monnaie. Il prétend que l'inspiration lui est venue en se souvenant d'un roman du célèbre Haruki Murakami justement intitulé « Flipper ».

Une autre idée recueille encore plus de suffrages et prend soudain la tête. Un des abonnés conseille de détruire Logistikos et de fabriquer une œuvre d'art à son emplacement en utilisant tous les matériaux et matériels disponibles sur le site. Pour soutenir sa thèse, il convoque les grands classiques de la littérature, Dostoïevski en tête : « Ce qui est maudit, c'est l'ensemble ; c'est, dans ses tendances, tout l'esprit scientifique et pratique de nos derniers siècles ; oui, il se peut que tout cela soit bel et bien maudit ! ».

Cette idée est doublée à son tour par une autre idée, et ainsi de suite. Deux camps s'affrontent, les optimistes et les pessimistes. Les seconds prétendent que comme on n'arrive pas à maîtriser le monstre, il faut repartir à zéro. Les premiers accusent les seconds de ne pas avoir assez d'imagination pour trouver des solutions et de baisser les bras avant d'avoir tout essayé. Les débats s'enveniment.

« Stop ! », intervient Carla en tapant frénétiquement sur son clavier, faisant tomber par inadvertance sa fiche navette qui passe sous une sphère en produisant un bruit de verre pilé. Une autre sphère arrive droit sur elle, semblant perdre le contrôle de sa trajectoire, et Carla ne peut éviter le choc de sa paroi contre son épaule. Blessée, elle se traîne par terre pendant que tout le carrousel s'arrête, figé par l'interruption subite du courant et la chute des freins mécaniques d'urgence dans les sphères. Le dispositif de sécurité a certes fonctionné, mais un peu tard.

Transportée dans sa chambre, elle est examinée par

un médecin qui la rassure vite. Il s'agit d'une simple luxation, rien n'est cassé. La pose d'une attelle devrait suffire. Penauds, les concurrents du tournoi continuent maintenant à proposer des solutions au problème de Logistikos en évitant toute échauffourée, même virtuelle. Carla se demande si elle a bien fait de lancer une telle initiative. Il se peut qu'elle se ridiculise purement et simplement. En attendant, il lui faut une attelle et il n'y en a pas sur le site. « Qu'à cela ne tienne, fabriquons-la ! », suggère le préposé aux imprimantes 3D. Une attelle n'a pas besoin d'être construite en un matériau particulier : la plupart des pâtes à bois, des plastiques et des métaux font très bien l'affaire.

Écartelée

Sa nouvelle amie et codirectrice voudrait que Carla se repose, qu'elle quitte le site quelque temps et reprenne des forces avant de se remettre à la tâche. Il n'en est pas question. Elle ne va pas abandonner dès le premier jour à cause d'un bête accident, d'autant plus qu'il n'a pas de conséquence grave si ce n'est un gaspillage d'énergie généralisé. Elle peut d'ailleurs très bien animer le grand jeu depuis une chaise longue si elle le souhaite, le préposé aux imprimantes 3D lui en ayant fabriqué une magnifique en pâte à bois de bouleau.

Constatant d'un coup d'œil que les joueurs tournent en rond et que l'actuel leader ne parvient pas à se détacher du peloton de plus de quelques votes, elle introduit une nouvelle règle du jeu sur son blog. Avant toute autre considération, le grand tournoi des idées doit maintenant privilégier le point de vue des passagers des véhicules amenés à circuler sur la future autoroute. Leur satisfaction prime. Toute suggestion doit répondre à leurs besoins et à leurs attentes, Logistikos ne doit exister que dans un seul but : construire l'autoroute idéale définie dans un cahier des charges que chacun peut consulter sur son Smartphone.

Les joueurs se jettent sur le document et lisent les quelques lignes écrites à la va-vite par Carla :

> - Le passager doit être transporté d'un point à un autre confortablement.

- Il doit être en sécurité.

- Il doit pouvoir prendre à volonté le contrôle de sa direction et de sa vitesse.

- Il doit pouvoir connaître à tout instant le niveau de la dépense d'énergie qu'il occasionne en se déplaçant.

- Il ne doit pas avoir besoin de s'arrêter pour faire entretenir ou réapprovisionner son véhicule.

Pour rendre le jeu plus réaliste, elle améliore le décor du plateau virtuel en y insérant des vues de tronçons d'autoroutes déjà construits. Des glissières futuristes sans soudures apparentes encadrent une chaussée rutilante n'attendant que les roues conductrices des voitures de demain ou les multiples bouches microscopiques soufflant un coussin d'air sur lequel lesdites voitures glisseront sans effort, ou encore des électrons au garde-à-vous, aimantés par un champ magnétique puissant capable de faire décoller ces véhicules du sol.

Tous les choix ne sont pas encore arrêtés, aussi il faut être capable de transporter l'ensemble des matières et des éléments, fort divers, requis par les nombreux scénarios encore possibles.

La danse des électrons

Le jeu reprend de plus belle. Les idées folles succèdent aux idées molles et la machine à créer s'emballe. Le sourire revient sur le visage de Carla, comiquement déformé par la douleur à chaque faux mouvement déclenché par un excès d'enthousiasme. « Je vous fais une promesse : avant ce soir, nous aurons trouvé une idée qui résoudra le problème », clame-t-elle dans un message enregistré à l'intention des participants.

Un jeune joueur très doué mène la danse. En tête avec plus de cinq cents voix d'avance, il a bricolé un circuit miniature avec des chutes de bois, des électrodes empruntées à une vieille machine à laver et de simples billes et bouliers d'écolier trouvés dans la malle de son grand-père au grenier, qu'il a dotées d'une surface conductrice en les trempant dans un mélange mystérieux de son cru et en la fixant au sèche-cheveux, avant d'animer le tout en le connectant à une vieille calculatrice des tout débuts de l'informatique, une vénérable antiquité, via un réseau anarchique de fils électriques et de composants divers empruntés à un poste de radio à transistors du siècle dernier. Tous les joueurs peuvent voir ce qui se passe sur son Logistikos miniature grâce à une simple caméra connectée. N'ayant à sa disposition que les fonctions rudimentaires et la toute petite mémoire de la calculatrice pour programmer son « système », l'inventeur en herbe relève un défi digne de celui que relevaient les pionniers de la conquête spatiale chargés d'envoyer des hommes sur la Lune et de les faire revenir avec des ordinateurs dont la puissance les rapprochait plus du boulier que du Smartphone.

À l'une des extrémités du circuit de bois sur lequel les billes circulent harmonieusement, des objets hétéroclites s'entassent : soldats de plomb, bouts de ficelle, coques de pistaches séchées, boutons, baguettes chinoises, composants électroniques, fil à coudre, jeu de mikado, barrettes, cintres, posés à la main par le jeune joueur. Il n'est pas allé jusqu'à faire transporter ces trésors par les billes, en les creusant ou en imaginant un des moyens ingénieux dont il a le secret, et compense ainsi l'imperfection de son système par une action humaine. De ces tas d'objets, dont la plupart seraient de toute façon bien trop gros pour entrer dans une bille, même creusée, il tire des assemblages aux formes étonnantes censées représenter une autoroute révolutionnaire et les véhicules à laquelle elle est destinée. Carla aime être étonnée.

Les autres concurrents cessent de chercher leurs propres solutions et se mettent à aider celui qui semble courir vers la victoire à régler son dispositif. Les conseils affluent, depuis les petits trucs et astuces pour limiter les frottements des billes sur le bois jusqu'à des programmes entiers à télécharger sur la calculatrice.

Carla s'amuse de voir des passionnés de nouvelles technologies s'enflammer pour une simulation conçue avec des moyens d'un autre âge. Voilà deux époques, deux univers et deux penchants réconciliés : objets palpables et électrons invisibles deviennent frères, associés même, pour le meilleur et pour le pire. Mieux, ils dansent ensemble. Cela la fait réfléchir. Et si elle poussait le bouchon encore plus loin ? se dit-elle en observant la progression ce qui ressemble de loin à une voiture de sport construite avec, justement, un bouchon, quatre bouts de ficelle et des dés à coudre en guise de roues.

Elle fixe une nouvelle règle qu'elle communique à tous les participants. Désormais, chaque joueur peut choisir un des objets de la maquette et s'identifier à lui. Une fois ce choix effectué, une tâche est assignée à chaque objet par le jeune inventeur. C'est parti !

Encre sympathique

Prenant la balle au bond, celui qui a maintenant plus de deux mille voix d'avance sur son principal poursuivant se met à poster sur le blog des fiches de rôle dont Carla se dit qu'elles ressemblent furieusement aux fiches navette du vrai Logistikos. Ne parvenant pas à les émettre à un rythme suffisamment rapide pour son goût, il se fait aider d'une intelligence artificielle mise à la disposition de tous les abonnés du blog par un de ses contributeurs les plus innovants, à l'origine pour obtenir des commentaires et des avis de la communauté sur son utilité et sa facilité d'utilisation.

Au fur et à mesure que les joueurs choisissent leur objet, ils reçoivent leur fiche navette – pardon, leur fiche de rôle – et découvrent les tâches qui leur incombent. Petit à petit chacun oublie le terrain de jeu bien réel construit par le leader désormais incontesté et incontestable du tournoi et se consacre aux déplacements, aux transformations et aux assemblages de son avatar redevenu virtuel, évoluant sur le plateau fourni par Carla au début du jeu. Tout s'accélère. Devenue inutile, la caméra est maintenant éteinte. La construction de l'autoroute progresse à pas de géant, chacun réglant son rythme en fonction des besoins de son entourage immédiat. Les derniers kilomètres sont achevés en un temps record et le panneau « fin » est planté triomphalement en terre par l'avatar du vainqueur.

Alors que tout le monde s'apprête à souffler un peu, les fiches de rôle se remplissent rapidement de nouvelles tâches. Il s'agit maintenant de recycler Logistikos. Les surplus de matériaux, les machines, les outils, les objets les plus divers sont triés, démontés, transportés dans l'autre sens vers des destinations proches ou lointaines où elles seront à leur tour exploitées ou simplement stockées en attendant de redevenir utiles. L'intelligence artificielle est maintenant devenue beaucoup plus autonome, ayant appris sur le tas et progressé plus vite que n'importe lequel des participants. Son contrôleur humain, pourtant si inventif et plein de ressources, ne parvient plus lui-même à la suivre dans ses raisonnements et ses décisions, ce qu'il avait d'ailleurs anticipé et espéré en l'introduisant dans le jeu.

Les fiches de rôle défont ce qu'elles faisaient il y a quelques minutes à peine. Les participants s'aperçoivent à leurs dépens que le travail à abattre est colossal, bien plus fatigant et répétitif que ne l'était la phase de construction. Certains joueurs quittent le tournoi, dégoûtés. Après tout, ce n'est qu'un jeu. Peu à peu les fiches de rôle se vident, comme si elles avaient été écrites à l'encre sympathique et que l'effet du révélateur s'était estompé avec le temps, il n'y a plus grand-chose à faire, les participants encore en ligne attendent de sabler le champagne et de fêter la victoire du benjamin de leur groupe, un génie du bricolage révélé par le jeu qui vient de se tailler une belle réputation en quelques heures grâce au blog de Carla. Elle en est très fière.

Vide

L'avatar de la dame blonde tape sur l'épaule de celui de Carla. Absorbée dans la préparation du podium, elle ne l'a pas vu approcher. Un texte s'affiche sur le chat du blog : « Tout cela est bien joli, mais en quoi ce bon moment passé ensemble peut-il nous aider à résoudre nos problèmes ? » ; il n'est pas signé mais Carla devine qui en est l'auteur. Elle est d'ailleurs flattée que la dame blonde se soit inscrite sur son blog de son propre chef.

Les abonnés du blog réagissent en masse, expliquant qu'il suffit de transposer dans la réalité ce qui vient d'être simulé en donnant force détails. Des économistes amateurs construisent des modèles qui démontrent la rentabilité du projet. L'enthousiasme est à son comble quand une nouvelle petite phrase, non signée comme la précédente, tombe sur le chat : « Très bien, je comprends, mais je propose mieux. Au lieu de prendre la peine de construire une autoroute avec Logistikos, pourquoi ne pas considérer que Logistikos est elle-même l'autoroute ? »

Toute activité cesse sur le blog. Stupéfaits, tous les abonnés se grattent la tête et attendent que l'un d'entre eux réagisse. Carla réfléchit vite.

> - Le passager doit être transporté d'un point à un autre confortablement. Il suffit de le faire monter dans la sphère et de la doter d'une banquette confortable (ou même d'une chaise longue en pâte à bois de bouleau) en lieu et place des palettes.

- Il doit être en sécurité. Les sphères le protègent.

- Il doit pouvoir prendre à volonté le contrôle de sa direction et de sa vitesse. Il est connecté grâce à sa fiche navette.

- Il doit pouvoir connaître à tout instant le niveau de la dépense d'énergie qu'il occasionne en se déplaçant. Sa fiche navette le renseigne.

- Il ne doit pas avoir besoin de s'arrêter pour faire entretenir ou réapprovisionner son véhicule. La conception des sphères répond à cette exigence.

Elle vote pour l'inconnue qui a posté le dernier texte sur le chat. Un premier abonné la suit, puis un autre et ainsi de suite. Une avalanche de votes fait fondre l'avance du benjamin de la troupe et propulse la dernière idée à la première place du concours. Un seul participant critique la solution proposée : « J'ai une sensation de vide. Il y aura moins de travail à faire si l'on adopte cette solution car elle est déjà là. Que vont devenir les équipes qui travaillent à Logistikos ? » La dame blonde se dévoile et répond en clair, filmée par son Smartphone : « Il va falloir faire vivre cet endroit, convaincre d'y venir tester notre nouvelle autoroute, être au service des femmes, des hommes et des machines. L'histoire est loin d'être terminée, mais nous avons un but commun. »

Postface - Le « blog-notes » de Carla

À la fin de chacune de ses aventures, Carla aime consigner sur son blog ses réflexions, ses prises de recul, les références des livres qu'elle a lus, les mots qui lui semblent importants et les témoignages qu'elle a recueillis autour d'elle. Chaque chapitre de l'histoire que vous venez de lire reflète une réalité à laquelle les professionnels de la logistique et de la chaîne d'approvisionnement peuvent être confrontés, aujourd'hui comme demain.

La somme de ces informations permet aux lecteurs d'approfondir le sujet par eux-mêmes en sortant de la fiction et en faisant le lien avec des sources utilisant un vocabulaire parfois très technique voire carrément barbare, sans pour autant être un expert pointu ou un chercheur de renom. L'objectif de cette section du livre est de dédramatiser des notions qui, sans l'usage de mots simples et sans le secours de la fiction, restent trop souvent méconnues et inexploitées par ceux-là même dont le quotidien peut s'en trouver le plus affecté.

Pour en savoir plus : scenent.com/contact

Au restaurant

Au restaurant, Carla rencontre un recruteur persuasif qui, en un tournemain, la convainc de changer de vie. Il a bien préparé son coup et a tiré les bonnes manettes pour rendre son projet séduisant. Le chapitre se termine sur une injonction : « Elle doit finir le chantier en six mois, pas un de plus. » « Et si elle échoue ? » « Si elle échoue ce sera une catastrophe. »

Comment interpréter cette consigne impérative ? Les métiers de la logistique et de la chaîne d'approvisionnement, aussi bien dans le secteur des services que dans celui de l'industrie, évoluent vers une logique de travail à la demande. Alors que le planning à la journée, à la semaine, au mois ou au trimestre structurait historiquement le quotidien de tous les contributeurs, aujourd'hui le flux de demandes est devenu beaucoup plus imprévisible car émanant de sources plus variées et plus variables. Il en résulte un rééquilibrage des pouvoirs de décision entre production et chaîne logistique, la négociation interne devenant plus complexe car les temps de cycle ne sont en général pas alignés entre les deux fonctions.

À la fin du chapitre « Au restaurant », le recruteur ne donne à Carla qu'une seule consigne : celle de finir ce chantier que l'on devine difficile en un temps très contraint, car il sait que tous les six mois la donne change et que la nature de la demande évolue si vite qu'il faut en permanence s'adapter. Il dit d'ailleurs six mois tout en pensant six jours ou six heures. La fin du livre confirme en effet que la solution est trouvée beaucoup plus vite que ce à quoi on s'attend.

Pour mieux s'y retrouver, Carla s'est fait un petit lexique personnel :

• Chaîne logistique : association au sein d'un même vocable des fonctions logistiques et de la chaîne d'approvisionnement.

• Lean : méthode d'accélération économe, de simplification, d'allégement des procédés et non d'« amaigrissement » comme le terme, mal traduit, le laisse trop souvent penser.

« Dit autrement », pour les fondus de termes techniques…

Le Groupe Michelin doit optimiser ses flux entre une centaine d'activités industrielles différentes réparties sur tous les continents. Or la demande est éminemment variable et ce phénomène s'accentue au fil des ans. Pour éviter le fameux effet « coup de fouet » (plus on remonte la chaîne logistique depuis la demande jusqu'à la commande, plus la variation est amplifiée à la fois en durée et en volume), il faut à la fois assouplir les conditions de déclenchement de la production (pour produire à la demande) et synchroniser les approvisionnements (afin de ne pas attendre un des composants alors que les autres sont déjà disponibles). Ainsi réduit-on la quantité et la valeur du stock.

Source : conférence de Thibaut d'Herouville, VP Michelin Supply chain ; Congrès Fapics, Association française de supply chain management, 2017

La fiche navette

La fiche navette est une espèce de carte d'identité intelligente qui porte, outre les coordonnées et le pedigree de Carla, toute une série d'informations et d'aides pratiques. Si elle n'est pas détaillée dans l'histoire, sa fonction y est décrite par le menu et la fiche navette donne tous les détails que le recruteur ne lui a pas fournis dans le chapitre précédent.

Ces détails sont d'ailleurs évolutifs. La définition de poste change en fonction des réglages apportés à l'organisation. On s'aperçoit que la distinction entre des postes fixes d'opérateurs et des postes plus flexibles dits « de projet » s'estompe, chacun ayant un rôle opératoire et un rôle de projet. Pour se rassurer et combattre le stress qui en résulte, Carla échange régulièrement avec une communauté grâce à son blog et elle y trouve les réponses qui lui manquent.

Voilà les mots que Carla a notés, avec une définition qui comme d'habitude n'engage qu'elle :

• Être en mode « projet » : posture qui consiste à faire évoluer une façon de travailler, un outil ou une organisation, ou les trois, et à recommencer.

• Être en mode « opérations » : posture qui consiste à exécuter des tâches prédéfinies et relativement stables décrites par d'autres.

« Dit autrement », pour les fondus de termes techniques...

De nouveaux métiers apparaissent dans l'univers de la chaîne logistique. Le niveau de qualification des opérateurs va croissant, en particulier pour maintenir et surveiller les automates de plus en plus présents à la fois en entrepôt et à l'affrètement. Les métiers bien connus de conducteur, logisticien, exploitant ou mécanicien sont toujours demandés mais si l'intitulé reste, le champ des compétences requises évolue pour devenir capable d'interagir avec de plus en plus de dispositifs électroniques. Comme dans toutes les disciplines, on s'arrache aussi les fameux data scientists et analystes. Enfin, pilotes de flux et planificateurs de la demande sont des métiers d'avenir spécifiques à la chaîne logistique.

Sources : ecologie.gouv.fr, monster.fr, voxlog.fr. ; Analyse Scenent, 2021

De « brique » et de broc

Carla arrive sur le chantier et prend possession de ses quartiers. Chaque élément entrant dans la construction du site, et notamment de sa chambre et de son ameublement, est dûment tracé par sa fiche navette. Au-delà du kaolin constituant son broc et des divers matériaux présents à Logistikos, l'information elle-même est une matière, brute et transformée.

C'est la plus grande révolution que connaissent les métiers de la chaîne logistique. L'information est aussi importante, sinon plus, que la matière. Avec une information de qualité disponible au bon moment pour tous ceux qui en ont besoin, on économise de la matière et on optimise son utilisation.

Le lexique de Carla s'enrichit :

• Chaîne informative : approvisionnement et logistique de l'information.

• Information qualifiée : information dont on connaît la source et le contexte dans lequel elle est envoyée ou partagée, notamment l'objectif poursuivi par cet envoi ou ce partage.

« Dit autrement », pour les fondus de termes techniques...

L'information est à la chaîne logistique ce que la monnaie est au système financier. Quel est le véritable état des stocks, le niveau des retours ? Quelles sont les préférences des clients, les origines des incidents et des défauts ? La FDA (Food and Drug Administration) aux États Unis a estimé l'effet qu'aurait une initiative de fluidification des échanges de données entre les différents acteurs de la chaîne logistique pharmaceutique (Merck, Walmart) en cas de rappel d'un produit. Le résultat est édifiant. Le délai nécessaire pour identifier la source d'une contamination et alerter les partenaires en aval passerait de trois jours à dix secondes. Un niveau de transparence accru relatif à l'origine des médicaments aiderait aussi à combattre efficacement le phénomène de contrefaçon.

Source : FDA. ; Analyse Scenent, 2021

Partie de cache-cache

Carla est frustrée de ne pas trouver la fiche navette de la dame blonde, laquelle ne se dévoilera vraiment qu'à la fin de l'histoire.

Sur fond de renforcement de la réglementation relative à la protection des données personnelles, qu'il s'agisse simplement de rester discret ou de prévenir des usurpations d'identité, des fraudes ou des harcèlements divers, la dame blonde a le droit à la déconnexion et en use comme elle l'entend. Elle poursuit cependant un but bien précis, que l'on découvrira plus tard : celui de « coller au terrain », à la « matière », pour mieux sentir le monstre en étant à son contact physiquement. Elle sait que d'autres, que la plupart en fait, sont connectés et exploitent la connaissance disponible sur le réseau. En interagissant régulièrement avec eux elle évite de rater des informations importantes et profite de sa déconnexion pour prendre du recul, apportant donc sa pierre à l'édifice à sa manière.

À la fin de l'histoire elle se connectera au blog de Carla car elle jugera le moment opportun.

Carla note les mots suivants dans son blog-notes :

• Traçabilité : connaissance des étapes par lesquelles une matière, un produit ou une information est passée avant de parvenir jusqu'à nous.

• Transparence : choix de publier plus ou moins largement cette connaissance.

« Dit autrement », pour les fondus de termes techniques…

Carrefour a mis en place dès 2018 un dispositif de traçabilité utilisant une blockchain (cf. ci-après « La danse des électrons ») pour la « Filière Qualité Carrefour » du poulet d'Auvergne. Désormais, les consommateurs ont une visibilité sur toutes les phases de production et d'acheminement. BMW utilise un dispositif analogue afin de tracer ses pièces détachées et ses matières premières. Ces acteurs ont fait un tel choix afin de partager des données critiques pour un grand nombre de personnes de façon infalsifiable et décentralisée, ce qui garantit leur fiabilité et leur disponibilité à l'intérieur de l'entreprise comme à l'extérieur.

Sources : carrefour.com, usine-digitale.fr. Analyse Scenent, 2021

Le grand tournoi

Une fois le grand jeu lancé, Carla traverse la noria des sphères et remarque pour la première fois qu'une surface vitrée permet de voir à l'intérieur. Elle y observe des objets hétéroclites dont la variété donne une idée du nombre de références qui doivent circuler sur le site.

Ce phénomène de multiplication des références est palpable partout, quel que soit le secteur. Le niveau de personnalisation croissant exigé par le consommateur final élargit le spectre des catalogues de produits et de services sur toute la chaîne logistique et de production, incluant bien entendu la palette de services et non pas seulement la dimension produit.

Carla s'amuse à calligraphier des expressions croisées dans ses lectures :

• Longue traîne : il ne s'agit pas d'une pièce d'étoffe accrochée à une robe de mariée, mais de la longue liste des références qu'une entreprise est capable de gérer.

• Besoins croisés : multiplication des références liées à la combinaison de plusieurs variations. Exemple : si je dois être capable de produire dix huiles différentes dans une usine mais que je dois prévoir dix conditionnements différents allant de la petite à la grande bouteille en passant par la boîte en fer-blanc, j'aurai cent références à gérer dans mon entrepôt.

« Dit autrement », pour les fondus de termes techniques…

Avec l'essor du commerce électronique, des systèmes de plus en plus complexes étant gérés de façon automatisée, le nombre de références présentées au marché est démultiplié. Ce phénomène est la base du modèle d'acteurs devenus iconiques tels qu'Amazon ou Alibaba, dont le concept est fondé sur la possibilité de trouver et d'acheter « tout de A à Z » sur leurs plateformes. Il est possible de commander un produit dont il n'existe que trois unités dans le monde, pour une livraison sous une semaine. Pourquoi ? Parce que la chaîne logistique est suffisamment souple pour rester rentable même avec des petits volumes pour chaque référence, à condition qu'il y ait beaucoup de références.

Source : « Une analyse économique du phénomène de la Longue Traîne dans les industries culturelles »; Bourreau, Marc & Maillard, Sisley & Moreau, François (Revue française d'économie, 2015) ; Analyse Scenent, 2021.

Rapido

Non seulement Carla évolue dans une économie de la demande (comme évoqué en commentaire du premier chapitre intitulé « Au restaurant »), mais il faut être capable de gérer les urgences sans que cela ne coûte trop cher. Mieux encore : il est préférable d'éviter au maximum les urgences.

Carla fait bien la différence entre :

• la vitesse : rendue possible par la simplification, la traçabilité et la transparence ;

et

• l'urgence : subie, imprévue, parfois dangereuse, à éviter.

« Dit autrement », pour les fondus de termes techniques…

Coupang, licorne et leader du commerce électronique sud-coréen, propose un catalogue de plus de 120 millions d'articles à ses 25 millions de clients. Grâce à une attention particulière portée sur le dernier kilomètre, 96 % des livraisons se font sous 24 heures. Les produits les moins disponibles sont livrés en 72 heures. Les produits à faible volume sont stockés près de la source, par exemple dans l'entrepôt Coupang à Lille, puis acheminés par avion à la demande.

L'être humain n'est pas capable d'ordonnancer ces processus avec un tel niveau de performance, à l'échelle de la planète, en n'utilisant que des outils classiques de planification et de contrôle. Seule la combinaison d'un système de planification avancé (APS), d'un système de gestion d'entrepôts (WMS) et d'un système de gestion de la logistique (TMS) peut y parvenir. En conséquence, les opérateurs ne tracent plus les flux individuellement mais surveillent le bon fonctionnement et pilotent les processus d'exploitation de ces systèmes.

Intervention de Patxi Pierre Gueracague, Senior Director eCommerce retail, Coupang; Businessfrance-tech.fr, mars 2018; Analyse Scenent, 2021

Écartelée

Carla est blessée. Elle est tiraillée entre le besoin de se soigner, de prendre du repos et son envie de relever le défi qu'on lui a soumis. La fabrication de l'attelle sur place, solution préférée à l'acheminement par des moyens de transports classiques depuis l'entrepôt d'un grossiste, est un symbole fort d'une autre évolution de la chaîne logistique.

L'objectif n'est plus de transporter un objet d'un point A à un point B mais de résoudre le problème du client, même si aucun transport n'est nécessaire pour y parvenir.

De la même façon que les rôles de type « projet » et les rôles de type « opérations » sont de moins en moins étanches (cf. ci-avant « La fiche navette »), satisfaction client et optimisation des flux ne sont plus deux activités dissociées. La conscience de contribuer à un but commun, la satisfaction du client à un niveau tel qu'il recommanderait nos services à un tiers est une clé de compréhension des enjeux de notre époque.

En lisant des livres sur le sujet, Carla s'arrête sur les expressions suivantes :

• Coût de stockage : coûts induits par le stockage de matières ou de produits, finis ou semi-finis, sans en retirer les bénéfices attendus puisque les clients ne sont pas entrés en leur possession et ne peuvent pas encore les utiliser.

• Satisfaction client : envie du client de spontanément nous recommander à un tiers. Si on lui demande qui peut rendre un service ou fournir un produit entrant dans notre catalogue, il pense immédiatement à nous plutôt qu'à quelqu'un d'autre.

« Dit autrement », pour les fondus de termes techniques…

Il n'y a pas si longtemps, lorsqu'il s'agissait de comparer la performance d'une chaîne logistique industrielle avec une autre, on faisait appel à un cabinet d'experts et on se « benchmarkait » (on se jaugeait) à l'aune de références contenues dans des bases de données de standards de performances établis par les acteurs les plus proches possibles par le type d'activité, la couverture géographique ou la taille.

De nos jours, la comparabilité des performances devient directement l'affaire du consommateur final qui, dûment informé et devenu exigeant, ne fait plus la différence entre les types d'activités, les couvertures géographiques ou les tailles des organisations impliquées dans la chaîne logistique. Les professionnels ayant un rôle sur un marché BtoB sont aussi des clients de marchés BtoC et ils attendent la même performance au bureau qu'à la maison : « S'ils y arrivent, pourquoi pas vous ? » Bref, si une chaise longue est livrée rapidement dans de bonnes conditions, il n'y a plus de raisons qu'un médicament élaboré ou un équipement industriel ne le soient pas aussi, et tous les intermédiaires doivent s'aligner.

Source : Scenent, 2021

La danse des électrons

Les électrons dansent avec les objets et sont bientôt rejoints par les êtres humains, leur ronde symbolisant une collaboration entre trois univers bien distincts.

Le couple humain-machine, ou le trio humain-machine-objet, voire l'attelage humain-machine-objet-information, ne sont plus des nouveautés depuis longtemps pour tout ce qui concerne la fabrication, le transport, la conception, la mesure de performance et bien d'autres choses encore. En revanche l'acceptation par l'homme ou la femme du besoin d'une machine pour organiser et décider est une tout autre histoire.

Des mots barbares étonnent Carla. Elle aime être étonnée.

• Blockchain : dispositif moderne de sécurisation de la fiabilité d'une information partagée par ceux qui ont besoin de la connaître.

• Objet connecté : objet dans lequel on loge un moyen de communication électronique afin d'être au courant de ce qui lui arrive et éventuellement de s'en souvenir en le mémorisant.

• Intelligence artificielle : programme informatique qui n'a pas besoin qu'on lui dise tout ce qu'il a à faire mais qui est capable de l'apprendre tout seul.

« Dit autrement », pour les fondus de termes techniques…

L'IA : Intelligence Artificielle ou Imposture Arrogante ? Ni l'un ni l'autre, mais une technologie qui fait équipe avec l'intelligence humaine sans la remplacer. En matière de chaîne logistique, la garantie de disponibilité d'une référence dans l'État, au moment et à l'endroit où on l'attend est un défi majeur. De plus en plus, l'IA contribue à le relever avec succès.

Ce que l'on appelle « algorithme prédictif », une des applications de l'IA la plus établie dans un contexte de gestion de la chaîne logistique, permet d'améliorer le taux de disponibilité à chaque point du réseau en planifiant une production alignée avec la demande, en gérant la bonne répartition de stocks et en optimisant les circuits de distribution. Voilà qui suppose de baser le modèle de l'algorithme sur des données de qualité.

Pour sa filière BtoC, Engie met en place des applications de l'IA pour optimiser la gestion des stocks et automatiser le passage de commandes au niveau de l'entrepôt, au service de 230 agences.

Uber utilise les données de DigitalGlobe (photossatellites) et des techniques de reconnaissance automatique pour améliorer la qualité des données en entrée de son modèle d'optimisation d'itinéraires.

D'autres exemples nous incitent à la prudence. Google Flu Trends tentait de prédire les épidémies de grippe sur la base de l'analyse des recherches effectuées sur le moteur Google. De telles prévisions, à condition d'être fiables, auraient pu permettre de planifier la production et l'acheminement de vaccins et de médicaments par anticipation. Le résultat n'étant pas concluant, le projet a été abandonné.

Yasmina Sfeir, « L'intelligence artificielle et le secteur de la logistique », ecommerce-nation.fr, 9 octobre 2019.

Yuliya Sychikova, « AI in Logistics: Emerging Startups, Remaining Challenges and New Models », datarootlabs.com, 14 décembre 2020.

David Lazer, Ryan Kennedy, Gary King, and Alessandro Vespignani.

"The Parable of Google Flu: Traps in Big Data Analysis." Science, Mars 2014.

Analyse Scenent 2021

Encre sympathique

Le papier spécial sur lequel est logée la fiche navette a des propriétés étonnantes. Or Carla aime être étonnée. Entre autres choses il est capable de se plier comme du vrai papier (il en a d'ailleurs l'aspect) qui descendrait d'un arbre comme tout papier qui se respecte et il peut s'effacer et se remplir on ne sait trop comment, sous l'action combinée de programmes divers qui sélectionnent ce que l'intéressé a besoin de savoir pour travailler et collaborer avec ses pairs.

La disparition progressive de leur fiche de rôle (version simulée des vraies fiches navettes) des tâches confiées aux joueurs symbolise la variabilité de la charge de travail liée à l'imprévisibilité de la demande. Elle symbolise aussi l'importance de ce que l'on appelle aujourd'hui le design circulaire. Qu'est-ce donc ?

• Design circulaire : penser à la meilleure façon de recycler un produit dès qu'on le fabrique, avant même de l'utiliser pour la première fois.

• Interagir avec la chaîne logistique : ceux qui fabriquent et recyclent les produits se soucient de la manière dont ils sont transportés, et vice versa. Par exemple, il serait stupide de faire beaucoup d'efforts pour rendre un produit réutilisable si cela nécessitait des transports eux-mêmes très polluants.

« Dit autrement », pour les fondus de termes techniques…

Chez Veolia, Guillaume Wallaert développe au niveau mondial les activités de traitement des déchets industriels. Il est en dehors de ce que l'on appelle couramment la chaîne logistique au sens strict. Pourtant, lui et ses équipes interagissent avec elle, d'une part pour gérer les besoins propres à leur métier (par exemple approvisionnement en réactifs, chaux et charbon actif), d'autre part pour l'intégrer dans une démarche d'innovation respectueuse de l'environnement. Il témoigne : « Un changement important auquel nous sommes confrontés est l'intégration de la tendance du design circulaire dans la démarche de création et de promotion de nos services. » En effet, les besoins de recyclage sont de plus en plus importants, à la fois pour les clients industriels et pour leur prestataire en traitement des déchets.

Points clés, Interview de Guillaume Wallaert par Scenent, Veolia, le 20 novembre 2020

Vide

On découvre dans ce chapitre la chute de l'histoire. Alors que tout le monde s'est efforcé de construire l'autoroute en utilisant Logistikos, Logistikos est en réalité un démonstrateur de ce que peut être l'autoroute en question. Il répond déjà au cahier des charges. Le moyen devient la fin. La chaîne logistique se confond avec son objectif, elle recèle en son sein même la solution au problème.

Ultimement, dans certaines organisations, production et chaîne logistique se fondent en une seule entité transverse au service du client. C'est ce que l'on appelle une organisation orientée service. Carla le note.

• Organisation orientée services : organisation optimisée pour assurer un service global au client, ce service étant lui-même décomposé en sous-services et en produits.

• Organisation orientée services « avancée » : organisation orientée services dont les services sont décomposés dynamiquement par des automates, ces automates contribuant significativement à gérer la tenue des promesses faites au client en termes de délais, de prix et de qualité.

« Dit autrement », pour les fondus de termes techniques...

L'imprimeur géant Vistaprint a automatisé depuis longtemps l'interaction avec ses clients et en a même fait le socle de son modèle économique, qui depuis la création de l'entreprise n'a cessé de gagner en performance grâce à l'extension de ce principe à toutes les strates de sa chaîne logistique, considérant production en usine et distribution comme de simples (vu du client) étapes d'une même activité intégrée. On appelle ce type d'organisation une intégration verticale.

Source : Scenent, 2021

English version

La version française commence page 9

Table of contents

At the restaurant

Carla is getting bored. She has been living in the same house for more than five months now, going out with the same friends in the same typical local restaurant, her favourite of course but which, despite the great variety of its menus, no longer manages to surprise her. The view of the Aegean Sea, the friendly atmosphere and the colour of the wine have become too familiar to satisfy her.

Carla likes to be surprised. Even back in her school days, a long time ago, she searched for originality in everything, in the words of her teachers, in the games of her friends and in her own actions. She was often disappointed, and disappointed others as well, who did not try hard enough to think out of the box and who feared her most daring initiatives. She left her studies as soon as she could to travel the world. She has done almost everything, accepting to do the most thankless tasks given the modesty and brevity of her schooling.

Today she is beginning to get itchy feet again. Looking at the faces of her colleagues who are happy to meet up after a day of work which was much too boring for her taste, she tells herself that she must soon say her goodbyes. They don't know it yet, but she will finish her current work and get back on the road, as she does every six months or so. One of them obviously has a thing for her, and will probable find it harder than the others to let go. The sooner she leaves, the less he will suffer.

She gets up to get some fresh air on the terrace. A man joins her. In old films this kind of scene always takes place draped in the smoke of the cigarette that the man offers to the woman, who most often accepts it casually. Unless it is the other way round. These days the smartphone has replaced cigarettes. The man taps on his device as if he was looking for something to show her. Is he going to offer to play a game together?

Amused, Carla also takes her smartphone out of her pocket, then puts it straight back in, disappointed to have made such a common gesture. The device starts to vibrate just as it touches her thigh. She pulls it back out to read the message she has just received: " Looking for a site manager, available immediately, competitive salary. Location: southern Netherlands. Contract duration: six months. You have a passion for new technology and consider yourself an actor for the respect and preservation of the environment." When she opens the attachment, she discovers a fully prepared work contract in her name, with a salary significantly higher than in her current job. It must be a joke! One of her colleagues, knowing her propensity to change every six months, is playing a joke on her! Then she reins herself in and tells herself that she must not know what she wants. She likes surprises? Well here is the surprise. The man finally speaks. His voice is pleasant, warm and regular like a sea breeze caressing a Greek island.

The man praises Carla, saying he really likes her blog about green technology and that he is convinced that she will be able to solve the many problems his team is unable to overcome. She just doesn't get it. She has never been a site manager, not even of a small site. She is a simple employee, doing simple things, a worker in the local factory with a worker's tasks. He says to her that nothing in her factory is really easy, and everyone has to adapt all the time. He seems very sure of himself, sure that she is the one for the job.

Carla is not sure of many things. The one thing she is really sure of is that the world is continually changing and that there are only two choices: to move forward or to retreat. Tonight she decides to move forward, come what may. After shaking hands with her new employer, she realises she doesn't even know what kind of site she will be managing. He asks her to wait until she arrives, she will discover everything she needs to know soon enough. Then he gives her an instruction that must now guide her at all times. The job must be completed in six months and no longer. And if she fails? If she fails, it will be a disaster. Despite insisting, she is not able to get any more information out of him. Posing her thumb on the biometric reader of her smartphone, she signs the contract.

The job form

A " ding " immediately tells her that a new message has arrived. She is expected in two days in Logistikos, a temporary town built for the needs of the construction site that she will soon be managing, somewhere in the area around Eindhoven. She is told to travel by rail rather than by air to get there, which leaves her little time to get organised and say goodbye to her friends. She still doesn't know what kind of challenge she is facing, but she is sure she will find out.

The man greets her and leaves the restaurant. His Tesla is waiting outside below the terrace, its exterior shimmering with the reflection of waves in the moonlight. He starts the car in silence and disappears from view. Carla decides to inform her friends right away. As she is employed week to week, she need not give notice to her boss, who nevertheless tries to keep her from leaving, assuring her in front of all present that he has never worked with anyone quite so conscientious. Carla thanks him, but she is now well under the influence of her wanderlust. The Netherlands is still unknown to her, and she wants to see new things. She thinks to herself that she will always be able to come back on holiday to contemplate this bay and swim with her friends again.

Carla gets attached to people and things. Every time she leaves on a new journey it breaks her heart, but the drive to discover is always stronger. She encourages her colleagues to register and contribute on her blog so that they may keep in contact.

Her new employer does not pay her for the trip. As she is not exactly rolling in cash, she has to find a cheap way to cross six countries - Greece, Macedonia, Serbia, Hungary, Austria and Germany - before the final border crossing near Venlo in the south-east of the Netherlands. As she can't fly, which is a shame because she could easily find flights from Athens to Eindhoven for less than a hundred euros, she organises her journey by train and bus. It will take her around thirty-six hours door-to-door, which means she won't be sleeping at home tonight. She will barely have time to put all her stuff in a big suitcase and run to the station. Her suitor offers to drive her for her last night in Greece. She gladly accepts at face value his last futile attempt to get close to her. After a final embrace on the platform, perhaps a little tighter than usual, she climbs aboard the train.

Although Carla hasn't spent much time in study, she reads a lot. Books help her to learn, to escape from the mundane and to stimulate her imagination. As soon as she gets to her place on the moleskin bench, she grabs a collection of poems and throws herself into reading. Getting into her book also allows her to forget her budding stress, a tight feeling in her chest that she feels at each new turn in her life. She hardly hears the heavy carriage shake. After a few minutes the book falls out of her hand and she falls asleep, her forehead pressed against the glass.

When she wakes up she is somewhere in Europe, though she doesn't know exactly where. Her train is stopped in an enormous station, next to a freight train on which she recognises the word Logistikos. She grabs her smartphone and reads everything she can find on the subject. Logistikos is an ultra-modern complex located in the south of the Netherlands whose aim is to demonstrate the use of new technologies to help preserve the environment. She had already heard about it and even commented on the project on her blog, receiving mixed reactions from her subscribers at the time. Many had complained that they did not understand what all the money invested in the project was being spent on. They believed that more concrete results were necessary, rather than an endless stream of prototypes and lectures. It seems they were heard. Since then, a new project has been announced to build a fully electrified motorway close to the site to allow autonomous vehicles to circulate without the need to recharge. This experimental section of road will not be open to the public but will pave the way for the roads of tomorrow.

With her nose glued to the window of her compartment, she observes with attention the handling operations in progress in the station. Forklifts load the containers of the convoy with copper strips. Just above the wheels of the wagons, small aerodynamically shaped screens, adapted to the high speeds that these state-of-the-art freight trains can achieve, display the origins and destinations of the cargo. She reads that the copper strips arrived here, in the heart of Europe, on barges floating up the Danube. They are leaving in the same direction as Carla.

She still doesn't know what her daily life will be like once she arrives on site. She suspects that the electric motorway has something to do with her mission, but search as she might on the internet, she learns nothing conclusive about the role she might play. Her arrival is not announced on the Logistikos website, though the website is updated several times a day with posts informing the visitor of all the details of the project. She reads that the investors financing the building site require such communication, demanding total transparency from the management. She therefore expects to be put on stage like all the newcomers to the site, whose positions and curricula vitae are visible to all. Her new contract even states that she accepts this kind of communication in advance.

The train leaves and with it the freight convoy which has been loaded in record time. Soon she loses sight of the copper strips, carried away by a locomotive faster than that of her old passenger train. She resumes reading, alternating articles read on online information sites and poems chosen at random from her book, taking the time to savour every word and raising her eyes from time to time to daydream and to imagine her new life in the mists of northern Europe.

Trains give way to buses, replaced in turn by other trains, right up to the last frontier. Venlo, the Netherlands. At last.

She easily finds the deep blue Tesla left in the car park for her and presents the code received by text message to the camera hidden in the front left side mirror. She lets herself be guided by the machine, her hands simply resting on the steering wheel, excited by the prospect of what awaits her. After an hour, a dazzling green hedge, pruned by an artist gardener worthy of Edward scissor hands, appears to signal the entrance of the Logistikos complex in six-metre-high letters.

She feels a great desire to find her room, shower and change her clothes, but she will have to wait. An attendant greets her in front of the wooden security post at the gate and hands her a sheet of paper to welcome her. On the sheet are a series of instructions, including codes of conduct, safety policies and rules to follow on the site. She finds it surprising that this information is not available directly on the internet like the rest, and makes a comment to the attendant. He replies that this sheet is a very special tool and will be useful to her wherever and whenever she consults it. On site it is called the job form.

Made of this and that

Equipped with her job form, she follows the lines of light on the ground leading her to her room. She wonders which sensor could detect her presence and identify her as if she were wearing a tracker out of a spy series. It couldn't be her phone, since she has taken all the necessary precautions and locked everything she could to avoid being hacked or observed without her knowledge. She is not one of those people who expose their private life. As a blogger, she has adopted a style of her own, with discretion and restraint, preferring substance to form and avoiding misplaced enthusiasm and incongruous hype.

So how does the " system " know who she is and where she is going? The door of her room opens in front of her and closes immediately without the slightest noise. The automatic lighting emanates from a large number of fireflies arranged randomly on solid brick walls, leading Carla to wonder if they are real controlled biological organisms or simply good plastic imitations. She puts the job form on the table, opens her big suitcase, undresses and heads for the shower. At her request an organic soap is sprayed on her skin in fine droplets, to be rinsed off a few moments later by a clear rainlike shower. She finds no way to control the intensity or duration. Fresh and clean, she puts on a bathrobe and returns to her room to consult her job form. Surprisingly, she notices that instead of the boring instructions from earlier, a job description is displayed. Turning and flipping the piece of paper over, she guesses that the form is actually a flexible screen that only looks like paper. This is the explanation she was looking for. The " system " tracks her by her job form. As if predicting her questions, a new message is displayed, overlaid on the job description. It informs her that it is recommended to keep this " intelligent document " with her at work, but it is not an obligation. She can put it away in a corner if she wants and rely on her own judgement, based on her direct interactions with people and things. She is amused by the philosophical tone at the end of the sentence. The text continues on the back of the form. It seems that most of her colleagues often need to consult their job forms and choose to carry it with them at all times, but given Carla's position, she doesn't necessarily need to do so. Intrigued, she erases the message by lightly pinching the thin sheet of paper where it is displayed, triggering a strange sound of crumpled paper.

She reads her job description while pouring herself a glass of clear water from a porcelain jug. Another text appears spontaneously and informs her of the origin of this porcelain, a kaolin imported by sea from Cornwall which is also used to create waterproof mortars for some special joints used in the design of the electric motorway. Traces of the same kaolin can be found in the bricks from which the buildings are made. Annoyed, she erases the unwelcome text and resumes her reading. Her role is to bring a fresh and unprejudiced view of the site, in short to solve problems with common sense rather than with her diplomas. That's lucky, given she has none. Up to this point, all the successive managers were chosen for the quality of their training and experience, the prestige of their universities and the extent of their knowledge, but none of them has managed to show they were able to take on the challenge this site presents. The system of constraints is so complex that none have been able to keep it all straight. Indeed, their roadmap requires them to use the latest technologies while respecting nature as much as possible, which gives rise to constant debate. As soon as a material is selected for a road surface or a crash barrier, a new laboratory somewhere in the world has already developed a better one. Choices are therefore constantly being questioned, in a paralysis which ultimately ends up creating waste.

Hide and seek

Carla may not have a degree, but she is not ignorant. She has read a lot, of everything, everywhere and in all seasons. Combined with the variety of her experience, her knowledge makes her prepared for a wide range of situations. Her only problem is not believing enough in herself and her abilities. Obviously, her new employer thinks differently. She will have to rise to the occasion.

Seen from an aeroplane - a mind's view only, for as long as the planes fly on fossil fuels, we won't use them - or rather seen from a hot-air balloon, the site resembles a pinball machine. The white light of the summer in northern Europe illuminates a ballet of giant spheres rolling silently, without ever stopping, on perfectly smooth wooden surfaces, bouncing on levers and constantly rotating, their trajectory deviating on inclined planes whose curvature accompanies them without breaking their momentum. Carla is amazed by the beauty of the spectacle and can't help but wonder as to the purpose of it all. Taking care to follow the indications on her job form, she walks through the middle of the pinball machine like all the other employees, avoiding being crushed only by the intelligence of the system. Sometimes a huge shadow covers her before suddenly changing course, propelled by a perfectly synchronised flip of a lever. The other employees no longer pay attention to these small events, which have long since become a mere routine for them. She arrives in the briefing room where the entire site management is waiting for her. She sits down in the place reserved for her in the centre of the room, which is arranged like a television set. Her chair is facing a young blonde woman with tied back hair, with the other participants watching them closely from a circle formed around them. The blonde woman introduces herself. She has been managing the site for three days and already plans to pass on the job. As soon as she grasped the full situation, her first initiative was to search out and hire someone like Carla to bring a fresh viewpoint to the situation.

" We need to think differently. We have replaced trucks with rolling spheres to minimise friction on the ground, we avoid stopping them because we want to save the energy needed for braking and acceleration, we maintain, repair, load and unload them automatically because we are no longer able to do it fast enough unassisted, and we have made the spheres run on energy gained from rolling through a permanent magnetic field. All this for what? To transport the materials needed to build a fully autonomous motorway and the autonomous vehicles that will travel on it, which will need no petrol stations, no toll gates, no emergency stopping lane, no safety and maintenance services, all in the respect of nature which will reclaim its precedence in the surroundings. We have forgotten only one thing: how to control the monster we have created. The technologies we use are barely out of the labs and are not yet proven, and we are paying the price. We have put safety above all else, at the expense of efficiency. We can't control the speed of the balls in the great machine. Either we transport the materials faster than we are able to use them, or they are waiting too long and taking up our increasingly scarce space for storage. In both cases they pile up without order and we no longer know what to do. If we stop everything, we lose our investors and that is the end of our vision. If we continue, we are heading for an ecological catastrophe, the very one we are trying so hard to avoid. ”

Carla is happy to have decided to take her job form with her. At least she can pretend to be absorbed in the reading of the files that open to the rhythm of the blonde lady’s speech so as to avoid the looks being shot at her by the circle of experts. Before she speaks, she checks the job descriptions of the members of the group to see who she is dealing with. Surprised, she notices that one job description is missing. The profile of the young blonde woman with tied back hair is not available. She likes to be surprised.

“ As you know, I do not come from the elite. That is why you chose me. I am both honoured and nervous. But I know that a team is all the more effective when its members complement each other. You are capable of doing great things, the existence of this giant pinball machine is proof of that. When I arrived here, I thought I was in a science fiction film. Then I remembered some talks and realised that you had only applied relatively simple principles of physics and that the result was beautiful. Marcel Dassault, a French industrialist, used to say that to fly well, a plane must be beautiful. What you have created is harmonious, pleasing to the senses. All that remains is to make it useful, and to do this I propose that we launch a competition on my blog to generate ideas. Let’s submit the problem to the members of the blog, who have not yet been exposed to the problem. ”

Carla finished speaking, gets up and leaves the room. She wants to take the time to think before acting. Above all, she wants to understand why the job description of her now co-director is not accessible. She is not a voyeur, but if she is asked to be transparent, she expects nothing less of others.

The big game

The entire board of directors follows her out and catches up with her, each one submitting their own comments. Some do not wish to give their problem too much publicity so as not to lose face. Others are more enthusiastic about the idea of making a thousand brains work rather than just a select few. The only one who does not say her piece is the mysterious blonde lady.

Carla suddenly stops walking, disturbed by the shadow of a sphere coming towards her. She still finds it difficult to blindly trust her job form and recoils slightly, making her colleagues smile. Annoyed with herself, she sets off again with caution and her colleagues start back up where they left off, discussing with passion. A few metres later she stops again, turns around and proposes a vote by show of hands. The discussions carry on for a few minutes, until everyone has made their choice. The majority decides to launch the competition for ideas. The blonde lady gives her consent with a nod of her head.

On the premise that she needs to isolate herself in order to work out the practical details of what she now calls the " big game ", Carla leaves them there and returns to her room, once again dodging the spheres of the machine, clutching her job form as a shipwrecked man clings to his piece of driftwood. Barely settled in front of her computer, she puts the best sleuths of her network into gear. Who is the blonde lady? While waiting for the first clues to start coming in, she prepares a virtual tournament board on which blog subscribers will soon be invited to pour over the Logistikos case. They will have to show imagination to find a solution to the problem and the winner will be announced after a general vote by the participants. She takes the opportunity to invite her new colleagues to register on the blog, taking their contact details from her job form, with the exception of the blonde lady.

Her detectives coming up short of any interesting information on the blond lady, she decides to go and meet her. Before leaving her room she officially launches the " big game ". Even as she progresses through the moving labyrinth formed by the paths of the big metal balls, she hears a succession of beeps from her pocket. Ideas are flowing, the blog subscribers are getting involved. She remains focused on her destination, the stretch of motorway currently under construction at the far edge of the field containing the spheres in motion. She guesses that the blonde lady must be there supervising the unloading of construction materials on arrival and the loading of rubble before departure, examining the action close up to find ideas to solve the enigma posed by what she herself called a monster. A man-made monster, but a monster nonetheless.

The fleet of spheres continues to avoid her with grace, the job form playing its role wonderfully. In the distance Carla sees the silhouette of the blonde lady walking towards her, seemingly returning from the construction site. She had guessed right in hoping to find the lady in this direction. Carla is amazed to see her crossing this crowded space without the help of her own job form, as if she didn't need or no longer needed to be guided. Carla likes to be amazed. As she crosses the space she dares to take a look inside the spheres. Glass portholes that she hadn't noticed at first, too scared to look closely with enough attention, allow her to see pallets suspended from an ingenious system of moving weights that guarantees their stability whatever the movement of the ball. She has a vague memory that this kind of device is called a gyroscope.

The blonde lady joins her and comments on what she is observing. The spheres carry many different things, from ore to machines, humans, fluids, robots, electronic components, plants, in short, thousands of different items.

Rush

“ How do you manage to find your way around without your job form? ” Carla asks the lady. “ I trust the monster, ” she replies. “ At worst I can disturb the beautiful coordination of its ballet, making it spend unexpected energy to avoid me, but it will never harm me because we have prioritised safety over all else. I think that after these three days spent in its company, I am beginning to understand how it works. I feel its reactions in advance, I am one with the machine. That’s why I chose to disconnect and stop depending on the job form. To think and see differently. I had to change something, you know, like a heroine in a science fiction book who disconnects the autopilot and manually docks to a space station. ”

A strident beep disturbs them. The votes start to pour in and a few ideas stand out on the competition board. The current favourite proposes the introduction of a coin-operated device at the entrance of the pinball machine to regulate the rhythm of entry of the spheres and their cargo. If people want to transport something to the construction site, all they have to do is pay for it. If they see that the site is too congested or if their need is not that urgent, they won’t pay and the spheres won’t carry anything. To justify his idea, the author suggests imagining the inevitable congestion of a pinball game into which we insert as many metal balls as we want, without any cost. He claims that his inspiration came from a novel by the famous Haruki Murakami entitled “ Flipper ”.

Suddenly, another idea takes the lead. One of the members proposes that they dismantle Logistikos and create a work of art in its place using all the materials and equipment available on the site. To support his idea, he draws on great classics of literature, led by Dostoyevsky: “ What is cursed is the whole; it is, in its tendencies, all the scientific and practical spirit of our last centuries; Yes, it may well be that it is all cursed! ”.

In turn this idea is surpassed by another, and so on. Two camps clash, the optimists and the pessimists. The latter claims that since we can’t control the monster, we must start over. The former accuses the latter of not having enough imagination to find solutions and of giving up before trying everything. The arguments get more heated.

“ Stop! ”, Carla intervenes, typing frantically on her keyboard. She inadvertently drops her job form gets run over by a sphere, making a noise of crushed glass. Another sphere comes straight at her, seeming to lose control of its direction, and Carla cannot avoid the impact of its side against her shoulder. Injured, she lays on the ground while the whole mechanism comes to a halt, frozen by the sudden interruption of power and the release of the emergency brakes in the spheres. The safety devices certainly worked, but too late to be of service.

After being carried to her room, she is examined by a doctor who quickly reassures her. It is a simple dislocation, nothing is broken. A splint should suffice. Disturbed by the accident, the competitors in the big game continue to propose solutions to the Logistikos problem but avoid any confrontation, real or virtual. Carla wonders whether she did the right thing in launching such an initiative. She may be making a complete fool of herself. In the meantime, the splint she needs is not available on the site. " Let's make one! " suggests the 3D printing team. A splint doesn't need to be made of any particular material. In most cases wood pulp, plastics or metals do the job just fine.

Torn

Her new friend and co-director would like Carla to rest, take some leave and regain her strength before getting back to work. For Carla it is out of the question. She is not going to give up on the first day because of a silly accident, especially one with no serious consequences other than a waste of energy. In any case, she can run the great game from a deckchair if she wishes. The 3D printing team had made her a magnificent one out of wood paste.

Noticing at a glance that the participants are going round in circles and that the current leader is unable to break away by more than a few votes, she introduces a new rule. The big game must now consider foremost the point of view of the passengers in the vehicles that will drive on the future motorway, before any other consideration. Their satisfaction is paramount. Any suggestion must meet their needs and expectations. Logistikos must exist for one purpose only: to build the ideal motorway defined in a set of specifications that anyone can consult easily on their smartphone.

The participants rush to open the document and read the first few lines written in haste by Carla :

- The passenger must be transported from one point to another comfortably.

- The passenger must be safe.

- The passenger must be able to take control of his direction and speed at will.

- The passenger must be able to know at all times the energy cost of his travel.

- The passenger must not need to stop to have his vehicle serviced or replenished.

To make the game more realistic, she improves the scenery of the virtual board by inserting views of sections of motorways that have already been built. Futuristic safety barriers with no visible welds frame a shining roadway that awaits only the wheels of the future cars, or the multiple tiny nozzles blowing a cushion of air on which the cars will slide effortlessly, or electrons standing at attention, held up by a powerful magnetic field capable of making the vehicles levitate off the ground.

None of the choices have been set in stone, so it is necessary to be able to transport all the diverse materials and elements required by each of the many possible scenarios.

The electron dance

The game is back on track. Crazy ideas take over from weak ideas and the creativity machine builds up momentum. The smile comes back to Carla's face, even though distorted by the pain triggered generated by each overly enthusiastic movement. “ I promise you: before the day ends we will have found an idea to solve the problem, ” she says in a recorded message to the participants.

A very gifted young participant leads the dance. With a lead of more than five hundred votes, he has made a miniature circuit out of scraps of wood, electrodes borrowed from an old washing machine and some marbles found in his grandfather's trunk in the attic, which he gave a conductive surface by coating them in a mysterious mixture of his own making and drying it with a hairdryer, before bringing life to the whole apparatus by connecting it to an antique calculator via an anarchic network of electric wires and various components borrowed from a transistor radio from the last century. All the players can see what is going on in his miniature model of Logistikos through a simple connected camera. With only the rudimentary functions and the tiny memory of the calculator at his disposal to program his “ system ”, the budding inventor is taking up a challenge not unlike the one taken up by the pioneers in the conquest of space, who were responsible for sending men to the moon and bringing them back using computers whose power was closer to an abacus than a smartphone.

At one end of the wooden circuit on which the balls circulate, a heterogeneous pile of objects accumulates. Toy soldiers, bits of string, dried pistachio nuts, buttons, chopsticks, electronic components, sewing thread, a game of mikado, bars and hangers, all placed by hand by the young player. He didn't go so far as to have these treasures transported by the marbles, by hollowing them out or by another ingenious means only he would know, but compensates for the imperfection of his model through human action. From these piles of objects, most of which would in any case be far too big to fit into even a hollowed out marble, he pulls out assemblies with astonishing shapes meant to represent a revolutionary highway and its vehicles. Carla likes to be astonished.

The other competitors stop looking for their own solutions and start helping the frontrunner to tune his device. Advice pours in, from little tips and tricks to limit the friction of the marbles on the wood, to fully coded programs to load on the calculator.

Carla is amused to see new technology enthusiasts get excited over a simulation designed with objects from another age. In a reconciliation of two eras, two universes and two inclinations, palpable objects and invisible electrons become brothers, even associates, for better or for worse. Better still, they dance. This makes her think. She asks herself what would happen if she pushed the envelope even further as she watches an object advance. From a distance it resembles a sports car but is made of a cork, four pieces of string and thimbles for wheels.

She decides on a new rule that she then communicates to all the participants. From now on, each participant can choose one of the objects in the model and take charge. Once this choice has been made, a task is assigned to each object by the young inventor. And off it goes again!

Invisible ink

Building on his success, the inventor who now has a lead of more than two thousand votes over the next competitor starts posting position descriptions on the blog, which to Carla look incredibly close to the job forms used in the real Logistikos. Unable to post them fast enough for his taste, he enlists the help of an artificial intelligence. This AI was previously made available to all the blog's subscribers by one of its most innovative contributors, originally to obtain comments and opinions from the community on its usefulness and ease of use.

As players choose their objects, they receive their job form – that is, their position description - and discover the tasks they have to perform. Little by little, each participant forgets the real playing field built by the now undisputed and indisputable leader of the big game and devotes himself to moving, transforming and assembling his now virtual avatar, the pieces moving on the competition board provided by Carla at the beginning of the big game. Everything accelerates. Having lost its purpose, the camera is now turned off. The construction of the motorway progresses in leaps and bounds, each contributor adjusting his pace according to the needs of those around him. The last kilometres are completed in record time and the finish sign is triumphantly planted in the ground by the winner's avatar.

Just as everyone prepares to relax, the position descriptions are quickly filled with new tasks. Now it is time to recycle Logistikos. Surplus materials, machines, tools and diverse objects are sorted, dismantled and transported back outwards to destinations near or far where they will be used, converted or simply stored until they become useful again. The artificial intelligence has now become much more autonomous, having learned on the job and progressed faster than any of the participants. Its human controller, though inventive and resourceful, is no longer able to follow it in its reasoning and decisions, fulfilling the hope and desire he had for it when he introduced it into the game.

The position descriptions wind back what they did just a few minutes ago. The participants realise that the work left to be done is enormous, and is much more tiring and repetitive than the construction phase. Some participants leave the game in disgust. After all, it is only a game. Little by little, the position descriptions empty, as if they had been written in invisible ink and the trick that revealed it is wearing off over time. There is not much left to do, the remaining participants wait only to break out the champagne and celebrate the victory of the youngest of their group, a garage genius revealed by the game who has just distinguished himself in the space of a few hours thanks to Carla's blog. She is very proud to have made it possible.

Emptiness

The blonde lady's avatar taps the shoulder of Carla's own avatar. Absorbed in the preparation of the prize ceremony, she didn't see it coming. A text appears on the blog's chat: "All this is very nice, but how can this time spent together help us solve our problems? " It is not signed, but Carla can guess its author. She is flattered that the blonde lady chose to sign up to her blog on her own volition.

The blog members quickly reply, explaining that it is enough to transpose into reality what has just been simulated and giving a lot of details. Amateur economists build models that demonstrate the profitability of the project. Enthusiasm is at its height when a new little sentence, unsigned like the previous one, appears in the chat: " Very well, I understand, but I propose a different approach. Instead of taking the trouble to build a motorway with Logistikos, why not consider that Logistikos itself is the motorway? "

All activity ceases on the blog. Perplexed, all the subscribers scratch their heads and wait for one of them to react. Carla thinks fast.

> - The passenger must be transported from one point to another comfortably. All he has to do is get him into a sphere fitted with a comfortable seat (or even a deckchair made from wood pulp) instead of pallets.

- He must be safe. The sphere protects him.

- He must be able to take control of its direction and speed at will. He is connected through his job form.

- He must be able to know at all times the energy cost of his travel. The job form provides this information.

- He must not need to stop to have his vehicle serviced or replenished. The design of the spheres meets this requirement.

She votes for the stranger who posted the last message on the chat. A first member follows her, then another, and so on. An avalanche of votes liquidates the lead of the young inventor and propels the last idea to first place in the competition. Only one participant criticises the proposed solution: " This idea fills me with emptiness. There will be less work to do if we adopt this solution, because we are already there. What will happen to the teams working at Logistikos? " The blonde lady unveils herself and answers clearly, in a video filmed on her smartphone: " We're going to have to make this place come alive, convince people to come and test our new motorway, and be at the service of women, men and machines. This story is far from over, but we share a common goal. "

Afterword-Carla's " blog-notes "

At the end of each of her adventures Carla likes to record her thoughts on her blog, her realisations, the references of the books she has read, the terms that seem important to her and the testimonies she has gathered around her. Each chapter of the story you have just read reflects a reality that logistics and supply chain professionals may find themselves facing today or tomorrow.

This collection of information allows readers to delve deeper into the subject on their own by leaving the fictional aspects behind and connecting with sources with vocabulary that is sometimes highly technical or specialised, without necessarily becoming an expert or renowned researcher. The aim of this section of the book is to make accessible the concepts which, without the use of simple words and without the help of fiction, too often remain unknown and unexploited by those whose daily lives may be most affected by them.

To find out more : scenent.com/contact

At the restaurant

At the restaurant Carla meets a persuasive recruiter who convinces her to change her life seemingly in an instant. He has prepared well and used the right arguments to make the project attractive. The chapter ends with an injunction: “ The job must be completed in six months and no longer. And if she fails? If she fails, it will be a disaster. ”

How should this instruction be interpreted? The logistics and supply chain professions, in both the service and industrial sectors, are evolving towards a logic of work on demand. Whereas daily, weekly, monthly or quarterly planning historically structured the daily life of all contributors, the flow of requests has become much more unpredictable because they come from more diverse and variable sources. The result is a new equilibrium of decision-making powers between production and the supply chain, with internal negotiations becoming more complex because work cycles are generally not aligned between the two functions.

At the end of the chapter “ At the restaurant ”, the recruiter gives Carla only one instruction, that she must finish this project, which we understand to be very difficult, with a short deadline. He knows that every six months the situation changes, and that demand evolves so quickly that it is necessary to adapt constantly. He says six months while thinking six days or six hours. The end of the book indeed confirms that the solution is found much faster than we expect.

Carla has made a little personal glossary to help her find her way around:

• Lean: a method of thrifty acceleration, simplification, unburdening of processes. Lean does not mean slim or less complete as in its common misinterpretations.

" In other words ", for those who are fond of technical terms...

The Michelin Group continually optimises logistics between a hundred different industrial activities spread over all continents. However, demand is highly variable and only gets more variable over time. To avoid the bullwhip effect (where the higher up the supply chain from customer demand an actor is, the more variations are amplified both in duration and volume), it is necessary to improve the conditions for planning production (to produce on demand) and to synchronise supplies (so as not to be waiting for one component when the others are already available). In this way the size and value of the inventory is reduced.

Source: conference by Thibaut d'Herouville, VP Michelin Supply chain ; Fapics Congress, French Supply Chain Management Association, 2017

The job form

The job form is a kind of smart identity card which, in addition to Carla's contact details and pedigree, carries a whole range of information and practical tools. Although it is not detailed in the story, its function is described in the menu and the job form provides her all the details that the recruiter did not provide in the previous chapter.

These details are subject to change. The job description changes according to adjustments made in the organisation. The distinction between fixed operator positions and more flexible " project " positions is becoming blurred, with each having an operational and a project role. To reassure herself and fight the stress resulting from this permanent state of change, Carla regularly exchanges with a community through her blog, where she finds the answers she needs.

These are the words that Carla has noted in her glossary, with her own personal definitions:

• Being in " project " mode: a work posture that consists of carrying out change to a way of working, a tool or an organisation, or all three, then moving on to the next project.

• Being in " operations " mode: a work posture that consists of carrying out predefined and relatively stable tasks.

“ In other words ”, for those who are fond of technical terms...

New professions are becoming important in the supply chain. Operators are becoming more qualified, in particular to be able to maintain and monitor the automatic systems and robots that are increasingly present both in warehouses and for transport. The traditional roles of driver, logistician, operator or mechanic are still in demand, but if the title remains, the skills required for these roles are changing to make these resources capable of interacting with more and more electronic devices. As for other disciplines, the demand for data scientists and analysts is also increasing. Finally, supply chain managers and demand planners are the professions created specifically to serve the future of the supply chain.

Sources: ecologie.gouv.fr, monster.fr, voxlog.fr. Scenent analysis, 2021.

Made of this and that

Carla arrives on the site and settles in to her quarters. Each material and object involved in the construction of the site, and in particular in her room and furnishings, is duly traced by her shuttle sheet. Beyond the kaolin used in her pitcher and the various materials present at Logistikos, the information itself may be considered a material, both raw and transformed.

This is the biggest revolution in the supply chain. Information is as important, if not more important, than materials. With good quality information available in a timely manner for those who need it, we consume less material and optimise its use.

Carla's glossary is getting richer:

• Information supply chain: the supply and management of information.

• Qualified information: information for which we know the source and the context in which it has been sent or shared, including the objective pursued by the actor sharing this information.

“ In other words ”, for those who are fond of technical terms...

Information is to the supply chain what money is to the financial system. What is the real state of stocks, the level of returns? What are the customers’ preferences, the origins of incidents and defects? The FDA (Food and Drug Administration) in the United States has estimated the effect of an initiative to improve the fluidity of data exchange between the various actors in the pharmaceutical supply chain (Merck, Walmart) on a product recall event. The time needed to find the source of a contamination and alert downstream partners is reduced from three days to ten seconds. An increased level of transparency around the origin of medicines would also help to effectively fight counterfeit medicines.

Source: FDA; Scenent analysis, 2021

Hide and seek

Carla is frustrated not to find the blonde lady's job description, which she will find out at the end of the story.

With provisions of ever tighter regulations on the protection of personal data, whether it is simply a matter of discretion or an effort to prevent identity theft, fraud or harassment, the blonde lady has the right to disconnect and only use the tools as she sees fit. However, she is pursuing a very specific objective, which we will discover later: that of being close to the action, to gain better awareness of the monster through physical contact. She knows that most of the other employees stay connected and actively use the knowledge available on the network. By interacting regularly with them, she avoids missing important information and takes advantage of her disconnection to take a step back, thus bringing her contribution to the construction in her own way.

At the end of the story, she will connect to Carla's blog at a moment she judges appropriate.

Carla notes the following words in her glossary:

• Traceability: knowledge of the stages through which a material, a product or information has passed before reaching us.

• Transparency: choice to publish this knowledge more or less widely.

" In other words ", for those who are fond of technical terms...

In 2018, Carrefour set up a traceability system using blockchain technology (see below " The dance of electrons ") for the " Carrefour Quality System ", and specifically for Auvergne chicken. Using this system, consumers have access to information on all phases of production and transport. BMW uses a similar technology to trace its spare parts and raw materials. These companies have made this choice in order to share data important to a large number of people in a tamper-proof and decentralised manner, guaranteeing the reliability and availability of the information both inside and outside the company.

Sources: carrefour.com, usine-digitale.fr. Scenent analysis, 2021

The big game

Once the big game has started, Carla crosses the field of spheres and notices for the first time that glass portholes allow her to see inside. There she observes a collection of objects, the variety of which gives an idea of the number of different items that must circulate on the site.

This phenomenon of multiplication of references is observed everywhere, in all sectors. The increasing level of personalisation to suit the demand of the end consumer broadens the range of catalogues throughout the supply chain, including both service and product dimensions.

Carla enjoys calligraphy and cross-expression in her reading:

• Long tail: it's not an accessory on a piece of clothing, but the long list of references with small sales volumes that a company is capable of handling.

• Intersecting needs: a multiplication of product variants linked to the combination of several factors. For example, if I need to be able to produce ten different oils in a factory each with ten different packaging options ranging from small to large bottles and tin cans, I will have a hundred references to manage in my warehouse.

“ In other words ”, for those who are fond of technical terms...

With the rise of e-commerce, and as increasingly complex systems are managed in an automated manner, the number of items available for sale has increased greatly. This phenomenon is the basis of the model of players who have become synonymous with e-commerce such as Amazon or Alibaba, whose concept is based on the possibility of finding and buying “ everything from A to Z ” on their platforms. It is possible to order a product of which there are only three units in the world, for delivery within a week. Why is it possible? Because the supply chain is flexible enough to remain profitable even with small volumes for each product, provided there are many different products.

Source: “ An economic analysis of the Long Tail phenomenon in the cultural industries ” ; Bourreau, Marc & Maillard, Sisley & Moreau, François (Revue française d'économie, 2015) ; Scenent Analysis, 2021.

Rush

Not only does Carla operate in a demand economy (as mentioned in the commentary on the first chapter entitled “ At the restaurant ”), but it is also necessary to be able to manage emergencies without excessive cost. Better still, it is best to avoid emergencies as far as possible.

Carla takes note of the difference between:

• speed: made possible by simplification, traceability and transparency.

and

• hurry: linked to an emergency, imposed, unforeseen, sometimes dangerous, and to be avoided.

" In other words ", for those who are fond of technical terms...

Coupang, a start-up unicorn and the e-commerce leader in South Korea, offers a catalogue of more than 120 million items to its 25 million customers. Thanks to a special focus on the last mile, 96% of deliveries are made within 24 hours. The least available products are delivered within 72 hours. Low-volume products are stored close to the source, for example at the Coupang warehouse in Lille, and flown in on demand.

Human beings are not capable of scheduling these processes with such a level of performance, on a global scale, using only conventional planning and control tools. Only some combination of an Advanced Planning System (APS), a Warehouse Management System (WMS) and a Logistics Management System (TMS) can achieve this. As a result, operators no longer trace flows individually, but monitor the status and control the operating processes of these systems.

Intervention by Patxi Pierre Gueracague, Senior Director eCommerce retail, Coupang ; Businessfrance-tech.fr, March 2018 ; Scenent analysis, 2021

Torn

Carla is injured. She is torn between competing needs and desires to take care of herself, to rest and to take up the challenge she has been given. The fabrication of the splint on site, which is the preferred alternative to using conventional means of transport from a far off warehouse, is a strong symbol of another evolution in the supply chain.

The aim is no longer to transport an object from point A to point B, but to solve the customer's problem, even if no transport is required.

In the same way that the lines between "project" type roles and " operations " type roles are becoming blurred (see " The job form " above), customer satisfaction and supply chain optimisation are no longer two separate activities. The awareness of contributing to a common goal, generating customer satisfaction at such a level that he would recommend our services to a third party, is key to understanding the issues of our time.

Reading books on the subject, Carla contemplates the following expressions:

• Storage costs: costs incurred by storing raw materials or products, whether final or intermediate, without being able to benefit from them, since the customers have not yet come into possession of the products and cannot yet use them.

• Customer satisfaction: the customer's own desire to recommend us to a another. If we ask them who can provide a service or supply a product in our catalogue, a satisfied customer immediately thinks of us rather than someone else.

" In other words ", for those who are fond of technical terms...

Not so long ago, when it was a question of comparing the performance of one industrial supply chain with another, an expert firm was called in and benchmarked the supply chain against known references by type of activity, geographical coverage or size. Performance standards were formed by choosing the closest possible reference points for comparison.

In the present day, the comparability of performance becomes directly a matter for the end consumer who, fully informed and now highly demanding, no longer differentiates between the types of activities, geographical coverage or size of the organisations involved in the supply chain. Professionals with a role in BtoB markets are also customers of BtoC markets and they expect the same performance in the office as they do at home: " If they can do it, why can't you? " In short, if a deckchair is delivered quickly and in good condition, there is no reason why complex medicines or industrial equipment should not be delivered in the same conditions, and all the links in the chain must get in line.

Source : Scenent, 2021

The electron dance

Electrons dance with objects and are soon joined by human beings, their dance symbolising a collaboration between three very distinct universes.

The human-machine couple, or the human-machine-object trio, or even the human-machine-object-information combination, have long since ceased to be novelties in manufacturing, transport, design, performance measurement and many other fields. It is another story when it comes to the acceptance of a machine's needs by humans, to let the machine organise and decide.

Strange words surprise Carla. She likes to be surprised.

• Blockchain: a modern technology for securing the reliability of information shared by a variety of contributing actors.

• Connected object: an object with an electronic means of communication, often aware of what happens to it, and possibly with a memory of its own.

• Artificial intelligence: a computer programme that is capable of learning it on its own, and not needing to be told everything.

" In other words ", for those who are fond of technical terms...

AI: Artificial Intelligence or Arrogant Imposture? Neither one nor the other, but a technology that forms a team with human intelligence without replacing it. In terms of the supply chain, guaranteeing the availability of a reference when and where it is expected, is a major challenge. Increasingly, AI is helping to meet it successfully.

Predictive algorithms, one of the most established applications of AI in supply chain management, improve availability at each point of the network by planning production aligned with demand, managing the correct distribution of stocks and optimising distribution channels. These algorithms do not work without quality data.

For its BtoC business, Engie has implemented AI applications to optimise stock management and automate the placing of orders at warehouse level, serving 230 branches.

Uber uses data from DigitalGlobe (satellite photos) and image processing and recognition techniques to improve the quality of input data for its route optimisation model.

Other examples call for more caution. Google Flu Trends attempted to predict flu outbreaks based on the analysis of searches on the Google search engine. Such predictions, if reliable, could have made it possible to plan the production and delivery of vaccines and medicines in advance. As the result was inconclusive, the project was abandoned.

Yasmina Sfeir, " Artificial intelligence and the logistics sector ", ecommerce-nation.fr, 9 October 2019

Yuliya Sychikova, " AI in Logistics: Emerging Startups, Remaining Challenges and New Models ", datarootlabs.com, 14 December 2020

David Lazer, Ryan Kennedy, Gary King, and Alessandro Vespignani.

" The Parable of Google Flu: Traps in Big Data Analysis. " Science, March 2014.

Scenent Analysis 2021

Invisible Ink

The special paper on which the job form is presented has surprising properties. But Carla likes to be surprised. Among other things, it is capable of folding like real paper (and it looks like real paper), and it can be erased and filled up by an unknown means, under the combined influence of various programmes that select what the person needs to know to work and collaborate with their peers.

The gradual disappearance of their position descriptions (a simulated version of the real job forms) from the tasks given to the players symbolises the variability of the workload due to the unpredictability of demand. It also symbolises the importance of what is now known as circular design. What is this?

• Circular design: designing a product to be fit to be recycled, before it is even produced or used for the first time.

• Consider logistics: those who make and recycle products care about how they are transported, and vice versa. For example, it would be foolish to go to great lengths to make a product reusable if it required transport that was itself highly polluting.

“ In other words ”, for those who are fond of technical terms...

Guillaume Wallaert Is developing Veolia’s industrial waste treatment activities worldwide. He is outside what is commonly known as the supply chain in the strict sense. However, he and his teams interact with it, on the one hand to manage the needs specific to their business (e.g. supply of reagents, lime and activated carbon), and on the other hand to integrate it into an environmentally friendly innovation approach. Accordingly: “ An important change we are facing is the integration of the circular design trend into the process of creating and promoting our services. ” Recycling needs are becoming increasingly important, both for industrial clients and for their waste treatment service providers.

Key points, Interview of Guillaume Wallaert by Scenent, Veolia, 20 November 2020

Emptiness

In this chapter we discover the twist in the story. While everyone tried to build the motorway using Logistikos, Logistikos is actually a demonstration of what the motorway in question could be. It already meets the specifications. The means becomes the end. The supply chain becomes the goal, revealing the solution to the problem from within itself.

Ultimately, in some organisations, production and supply chain merge into a single transverse entity at the service of the customer. This is what we call a service-oriented organisation. Carla takes note.

• Service-oriented organisation: an organisation optimised to provide an overall service to the customer, which in turn is broken down into sub-services and products.

• Advanced service-oriented organisation: a service-oriented organisation in which the services are dynamically broken down by automatic processes, which make a significant contribution to managing the fulfilment of promises made to the customer in terms of deadlines, price and quality.

" In other words ", for those who are fond of technical terms...

The giant online print shop Vistaprint has long since automated its interactions with its customers. They have even made it the basis of the business model, which since the company's creation has continued to increase performance through the extension of this principle to all links in its supply chain. They consider factory production and distribution as simple (from the customer's point of view) steps in the same integrated activity. This type of organisation is called vertical integration.

Source : Scenent, 2021

Éditions Scenent

Cet ouvrage a été achevé d'imprimer par DFI en février 2021

Prix de vente : 14,50 €

Dépôt légal : février 2021

ISBN 978-2-9569069-3-3 / Imprimé en France